魔法科高中的劣等生 15
The irregular at magic high school
古都內亂篇〈下〉
佐島 勤
Tsutomu Sato
illustration／石田可奈
Kana Ishida
illustrator assistant／ジミー・ストーン、末永康子

「援護交給我吧！」
「雷歐，心要火熱，意識要冷靜！」
吉田幹比古
就讀二年B班，今年起成為一科生。出自古式魔法名門。從小就認識艾莉卡。
千葉艾莉卡
就讀二年F班的二科生。達也的朋友。個性開朗，經常會連累到他人的闖禍大王。家裡是劍與魔法之複合戰鬥術——「劍術」的名門。
「真好吃呢。」
司波深雪
就讀二年A班，達也的妹妹。去年以首席身分入學的高材生。擅長冷卻魔法。擁有溺愛哥哥的「重度戀兄情結」。

「這些傢伙是忍者嗎？」
西城雷歐赫特
通稱「雷歐」。就讀二年F班的二科生。達也的朋友。父親是混血兒，母親是隔代混血兒。擅長「硬化魔法」。
「是的，深雪姊姊。」
櫻井水波
今年就讀魔法科高中的「新生」。立場是達也與深雪的表妹。深雪的守護者候選人。

「一条，光是引爆
沒有技巧可言吧？」
司波達也
司波兄妹中的哥哥。就讀第一高中二年E班。在乎的只有身為「守護者」該保護的妹妹深雪，除此之外達觀一切。

魔法科高中的劣等生
The irregular at magic high school
SILVERHORN TRIDENT
『我知道！』
一条將輝
第三高中的二年級學生。
連續兩年參加九校戰。
「十師族」一条家的下任
當家。對深雪有意思。

「你的意思是我的推理錯了嗎？」
九島光宣
昔日世界最強魔法師──「宗師」九島烈的孫子。儘管具備優秀的魔法天分卻體弱多病。和藤林響子是同母異父的姊弟。
「你逃不出我的手掌心。」
「你當時真的是要得我好慘。」

周公瑾
「你們沒辦法抓到我。」
「橫濱騷亂」時，安排大亞聯盟的呂與陳來到橫濱的俊美青年。在「寄生人偶」事件中，和九島真言勾結而在檯面下活躍著。
黑羽文彌
「作戰開始！」
四葉下任當家的候選人。達也與深雪的從表弟……但是「作戰」時被姊姊亞夜子要求男扮女裝。

京都府MAP
鞍馬山
大原三千院
左京區
京都新國際會議中心
（論文競賽會場）
北區
寶池
金閣寺
上京區
天龍寺
右京區
KK飯店
嵐山公園
CR飯店
（達也等人下榻的飯店）
清水寺
京都車站
山科區
東山區
南區
伏見區
京都市
宇治市
宇治川
國防陸軍
宇治第二補給基地
宇治橋
The irregular
at magic high school

魔法科高中的劣等生 15

The irregular at magic high school

古都內亂篇〈下〉

背負某項缺陷的劣等生哥哥。
一切完美無瑕的優等生妹妹。
這對兄妹就讀魔法科高中之後，

風波不斷的每一天就此揭開序幕——

佐島 勤
Tsutomu Sato
illustration
石田可奈
Kana Ishida

Kadokawa Fantastic Novels

Character
登場角色介紹

司波達也

就讀於二年E班。
進入新設立的魔工科。
達觀一切。
妹妹深雪的「守護者」。

司波深雪

就讀於二年A班。達也的妹妹。
去年以首席成績入學的優等生。
擅長冷卻魔法。溺愛哥哥。

西城雷歐赫特

就讀於二年F班，達也的朋友。
二科生。擅長硬化魔法。
個性開朗。

千葉艾莉卡

就讀於二年F班，達也的朋友。
二科生。可愛的闖禍大王。

柴田美月

就讀於二年E班。
今年也和達也同班。
罹患靈子放射光過敏症。
有點少根筋的認真少女。

吉田幹比古

就讀於二年B班。今年起成為一科生。
出自古式魔法的名門。
從小就認識艾莉卡。

光井穗香

就讀於二年A班，深雪的同班同學。
擅長光波振動系魔法。
一旦擅自認定後就頗為一意孤行。

北山 雫

就讀於二年A班，深雪的同班同學。
擅長振動與加速系魔法。
情緒起伏鮮少展露於言表。

里美 昴

就讀於二年D班。
宛如美少年的少女。
個性開朗隨和。

英美・艾米莉雅・格爾迪・明智

就讀於二年B班，
隔代混血兒。
平常被稱為「艾咪」。
名門格爾迪家的子女。

櫻小路紅葉

就讀於二年B班，
昴與艾咪的朋友。
便服是哥德蘿莉風格。
喜歡主題樂園。

森崎 駿

就讀於二年A班，
深雪的同班同學。
擅長高速操作CAD。
身為一科生的自尊強烈。

十三束 鋼

就讀於二年E班。
別名「Range Zero」（射程距離零）。
「魔法格鬥武術」的高手。

七草真由美

畢業生。現在是魔法大學學生。
擁有令異性著迷的
小惡魔個性，
卻不擅長應付他人攻勢。

中条 梓

三年級。前任學生會會長。
生性膽小，個性畏首畏尾。

市原鈴音

畢業生。現在是魔法大學學生。
冷靜沉著的智慧型人物。

服部刑部少丞範藏

三年級。前任社團聯盟總長。
雖然優秀，卻有著過於正經的一面。

渡邊摩利

畢業生。真由美的好友。
各方面傾向好戰。

十文字克人

畢業生。現在升學至魔法大學。
達也形容為「如同巨巖般的人物」。

辰巳鋼太郎

畢業生。前任風紀委員。個性豪爽。

澤木 碧

三年級。風紀委員。
對女性化的名字耿耿於懷。

關本 勳

畢業生。前任風紀委員會成員。
論文競賽校內審查第二名。
犯下間諜行為。

五十里 啟

三年級。前任學生會會計。
魔法理論成績優秀。
千代田花音的未婚夫。

桐原武明

三年級。劍術社成員。
關東劍術大賽
國中組冠軍。

千代田花音

三年級。前任風紀委員長。
和學姊摩利一樣好戰。

壬生紗耶香

三年級。劍道社成員。
劍道大賽國中女子組
全國亞軍。

七草香澄

今年就讀魔法科高中的「新生」。
是七草真由美的妹妹，
泉美的雙胞胎姊姊。
個性活潑開朗。

七寶琢磨

擔任今年「新生」總代表的學生。
一科生。有力的魔法師家系
「師補十八家」之一
「七寶家」的長子。

七草泉美

今年就讀魔法科高中的「新生」。
是七草真由美的妹妹，
香澄的雙胞胎妹妹。
個性成熟穩重。

隅守賢人

就讀於一年G班的白種人少年。
父母從USNA歸化日本。

櫻井水波

今年就讀魔法科高中的「新生」。
立場是達也與深雪的表妹。
深雪的守護者候選人。

一条將輝

第三高中的二年級學生。
今年也參加九校戰。「十師族」
一条家的下任當家。

吉祥寺真紅郎

第三高中的二年級學生。
今年也參加九校戰。
以「始源喬治」的
別名眾所皆知。

一条剛毅

將輝的父親。
十師族一条家現任當家。

一条美登里

將輝的母親。
個性溫和，廚藝高明。

一条 茜

一条家長女，將輝的妹妹。
今年就讀當地的名門私立中學。
心儀真紅郎。

一条瑠璃

一条家次女，將輝的妹妹。
我行我素，行事可靠。

珍妮佛・史密斯

歸化日本的白種人。達也的班級
與魔法工學課程的指導教師。

平河小春

畢業生。在去年以工程師身分
參加九校戰。
主動放棄參加論文競賽。

平河千秋

就讀於二年E班。
敵視達也。

千倉朝子

三年級。九校戰新項目
「堅盾對壘」的女子單人賽選手。

五十嵐亞實

畢業生。兩項競賽社前任社長。

五十嵐鷹輔

二年級。亞實的弟弟。個性有些懦弱。

三七上凱利

三年級。九校戰
「祕碑解碼」正規賽的
男生選手。

安宿怜美

第一高中的保健醫生。
穩重溫柔的笑容
大受男學生歡迎。

廿樂計夫

第一高中教師。
擅長魔法幾何學。
論文競賽的負責人。

小野 遙

第一高中的綜合輔導老師。
生性容易被欺負，
卻有不為人知的另一面。

鳴瀨晴海

雫的表哥。國立魔法大學附設
第四高中的學生。

九重八雲

擅長古式魔法「忍術」。
達也的體術師父。

周公瑾

安排大亞聯盟的呂與陳
來到橫濱的俊美青年。
在中華街活動的神祕人物。

九島 烈

被譽為世界最強魔法師之一的人物。
眾人尊稱為「宗師」。

陳祥山

大亞聯軍
特殊作戰部隊隊長。
為人心狠手辣。

九島真言

日本魔法界長老九島烈的兒子，
九島家現任當家。

呂剛虎

大亞聯軍
特殊作戰部隊的
王牌魔法師。
別名「食人虎」。

九島光宣

真言的兒子。
雖是國立魔法大學
附設第二高中的一年級學生，
但因為經常生病幾乎沒上學。
和藤林響子是同母異父的姊弟。

鈴

森崎拯救的少女。
全名是「孫美鈴」。
香港國際犯罪組織
「無頭龍」的新領袖。

九鬼 鎮

服從九島家的師補十八家之一。
尊稱九島烈為「老師」。

小和村真紀

實力足以在著名電影獎
入圍最佳女主角的女星。
不只是美貌，演技也得到認同。

風間玄信

陸軍101旅
獨立魔裝大隊隊長。
階級為少校。

真田繁留

陸軍101旅
獨立魔裝大隊幹部。
階級為上尉。

藤林響子

擔任風間副官的女性軍官。
階級為少尉。

佐伯廣海

國防陸軍101旅旅長。階級為少將。
獨立魔裝大隊隊長風間玄信的長官。
外貌使她擁有「銀狐」的別名。

柳 連

陸軍101旅獨立魔裝大隊幹部。
階級為上尉。

山中幸典

陸軍101旅獨立魔裝大隊幹部。
少校軍醫，一級治癒魔法師。

酒井

國防陸軍總司令部軍官，階級為上校。
被視為反大亞聯盟的強硬派。

名倉三郎

受雇於七草家的強力魔法師。
主要擔任真由美的貼身護衛。

千葉壽和

千葉艾莉卡的大哥，
警察省國家公務員。
乍看之下像是
遊手好閒的人。

千葉修次

千葉艾莉卡的二哥，
摩利的男友。
具備千刃流劍術免許皆傳資格。
別名「千葉的麒麟兒」。

稻垣

警察省的巡查部長。
千葉壽和的部下。

安娜・羅瑟・鹿取

艾莉卡的母親。日德混血兒，
曾是艾莉卡的父親——
千葉家當家的「小妾」。

北山 潮

雫的父親。企業界的大人物。
商業假名是北山潮。

北山紅音

雫的母親。
曾以振動系魔法聞名的
A級魔法師。

北山 航

雫的弟弟。小學六年級。
非常仰慕姊姊。
目標是成為魔工技師。

七草弘一

真由美的父親，七草家當家。
也是超一流的魔法師。

四葉真夜

達也與深雪的姨母。
深夜的雙胞胎妹妹。
四葉家現任當家。

司波深夜

達也與深雪的母親。已故。
唯一擅長精神構造干涉魔法的
魔法師。

葉山

服侍真夜的高齡管家。

櫻井穗波

深夜的「守護者」。已故。
受到基因操作，強化魔法
天分而成的調整體魔法師
「櫻」系列第一代。

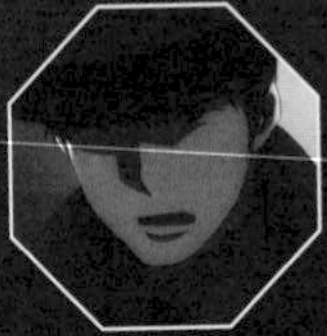

黑羽貢

司波深夜、四葉真夜的表弟。
亞夜子、文彌的父親。

司波小百合

達也與深雪的後母。
厭惡兩人。

黑羽亞夜子

達也與深雪的從表妹。
和弟弟文彌是雙胞胎。
第四高中的學生。

牛山

FLT的CAD開發第三課主任。
受到達也的信任。

黑羽文彌

四葉下任當家候選人。
達也與深雪的從表弟。
和姊姊亞夜子是雙胞胎。
第四高中的學生。

恩斯特・羅瑟

首屈一指的CAD製作公司
羅瑟魔工所日本分公司社長。

琵庫希

魔法科高中擁有的家事輔助機器人。
正式名稱是3H（Humanoid Home Helper：
人型家事輔助機械）P94型。

安潔莉娜・庫都・希爾茲

USNA魔法師部隊「STARS」的總隊長。
階級是少校。暱稱是莉娜。
也是戰略級魔法師「十三使徒」之一。

瓦吉妮雅・巴藍斯

USNA統合參謀總部情報部內部監察局第一副局長。
階級是上校。來到日本支援莉娜。

希兒薇雅・瑪裘利・法斯特

USNA魔法師部隊「STARS」的行星級魔法師。階級是准尉。
暱稱是希兒薇，姓氏來自軍用代號「第一水星」。
在日本執行作戰時，擔任希利鄔斯少校的輔佐。

班哲明・卡諾普斯

USNA魔法師部隊「STARS」第二把交椅。
階級是少校。希利鄔斯少校不在時的代理總隊長。

米卡艾拉・弘格

USNA派到日本的間諜
（正職是國防總署的魔法研究人員）。
暱稱是米亞。

亞弗列德・佛瑪浩特

USNA魔法師部隊「STARS」的一等星魔法師。
階級是中尉。暱稱是弗列迪。

查爾斯・沙立文

USNA魔法師部隊「STARS」的衛星級魔法師。
別名「第二魔星」。

克蕾雅

獵人Q──沒能成為「STARS」的魔法師部隊「STARDUST」的女兵。
Q意味著追蹤部隊的第17順位。

瑞琪兒

獵人R──沒能成為「STARS」的魔法師部隊「STARDUST」的女兵。
R意味著追蹤部隊的第18順位。

雷蒙德・S・克拉克

雫留學的USNA柏克萊某高中的同學。
是名動不動就主動對雫示好的白人少年。
真實身分是「七賢人」之一。

顧傑

「七賢人」之一。別名紀德・黑顧，
大漢軍方術士部隊的倖存者。

Glossary
用語解說

一科生的徽章

司波達也的CAD

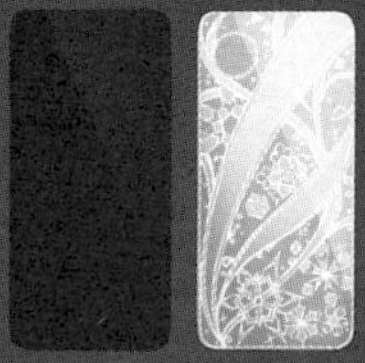
司波深雪的CAD

魔法科高中
國立魔法大學附設高中的通稱，全國總共設立九所學校。
其中的第一至第三高中，每學年招收兩百名學生，
並且分為一科生與二科生。

花冠、雜草
第一高中用來形容一科生與二科生階級差異的隱語。
一科生制服的左胸口繡著以八枚花瓣組成的徽章，
不過二科生制服沒有。

CAD
簡化魔法發動程序的裝置，
內部儲存使用魔法所需的程式。
分成特化型與泛用型，外型也是各有不同。

Four Leaves Technology〔FLT〕
國內一家CAD製造公司。
原本該公司製造的魔法工學零件比成品有名，
但在開發「銀式」之後，
搖身一變成為知名的CAD製造公司。

托拉斯・西爾弗
短短一年就讓特化型CAD的軟體技術進步十年，
而為人所稱頌的天才技師。

Eidos〔個別情報體〕
原為希臘哲學用語。在現代魔法學，個別情報體指的是
「伴隨事物現象而來的情報」，是「事象」曾經存在於
「世界」的記錄，也可以說是「事象」留在「世界」的足跡。
依照現代魔法學的定義，「魔法」就是修改個別情報體，
藉以改寫個別情報體所代表的「事象」的技術。

Idea〔情報體次元〕
原為希臘哲學用語。在現代魔法學，情報體次元指的是「用來記錄個別情報體的平台」。
魔法的原始形態，就是將魔法式輸入這個名為「情報體次元」的平台，
改寫平台裡「個別情報體」的技術。

啟動式
為魔法的設計圖，用來構築魔法的程式。
啟動式的資料檔案，是以壓縮形式儲存在CAD，魔法師輸入想子波展開程式之後，
啟動式會依照資料內容轉換為訊號，並且回傳給魔法師。

想子
位於靈異現象次元的非物質粒子，記錄認知與思考結果的情報元素。
成為現代魔法理論基礎的「個別情報體」，成為現代魔法骨幹的「啟動式」和
「魔法式」技術，都是由想子建構而成。

靈子
位於靈異現象次元的非物質粒子。雖然已經確認其存在，但是形態與功能尚未解析成功。
一般的魔法師，頂多只能「感覺到」活化狀態的靈子。

魔法師
「魔法技能師」的簡稱。能將魔法施展到實用等級的人，統稱為魔法技能師。

魔法式
用來暫時改變伴隨事物現象而來的情報之情報體。由魔法師持有的想子構築而成。

魔法演算領域

構築魔法式的精神領域，也就是魔法資質的主體。該處位於魔法師的潛意識領域，魔法師平常可以意識到魔法演算領域並且使用，卻無法意識到內部的處理過程。對魔法師本人來說，魔法演算領域也堪稱是個黑盒子。

魔法式的輸出程序

❶從CAD接收啟動式，這個步驟稱為「讀取啟動式」。
❷在啟動式加入變數，送入魔法演算領域。
❸依照啟動式與變數構築魔法式。
❹將構築完成的魔法式，傳送到潛意識領域最上層暨意識領域最底層的「基幹」，從意識與潛意識之間的「閘門」輸出到情報體次元。
❺輸出到情報體次元的魔法式，會干涉指定座標的個別情報體進行改寫。

「實用等級」魔法師的標準，是在施展單一系統暨單一工序的魔法時，於半秒內完成這些程序。

魔法的評價基準（魔法力）

構築想子情報體的速度是魔法的處理能力、
構築情報體的規模上限是魔法的容納能力、
魔法式改寫個別情報體的強度是魔法的干涉能力，
這三項能力總稱為魔法力。

始源碼假說

主張「加速、加重、移動、振動、聚合、發散、吸收、釋放」四大系統八大種類的魔法，各自擁有正向與負向共計十六種基礎魔法式，以這十六種魔法式搭配組合，就能構築所有系統魔法的理論。

系統魔法

歸類為四大系統八大種類的魔法。

系統外魔法

並非操作物質現象，而是操作精神現象的魔法統稱。
從使喚靈異存在的神靈魔法、精靈魔法，或是讀心、靈魂出竅、意識操控等，包括的種類琳琅滿目。

十師族

日本最強的魔法師集團。一条、一之倉、一色、二木、二階堂、二瓶、三矢、三日月、四葉、五輪、五頭、五味、六塚、六角、六鄉、六本木、七草、七寶、七夕、七瀨、八代、八朔、八幡、九島、九鬼、九頭見、十文字、十山共二十八個家系，每四年召開一次「十師族甄選會議」，選出的十個家系就稱為「十師族」。

含數家系

如同「十師族」的姓氏有一到十的數字，「百家」之中的主流家系姓氏也有十一以上的數字，例如「『千』代田」、「『五十』里」、「『千』葉」家。
數字大小不代表實力強弱，但姓氏有數字就代表血統純正，可以作為推測魔法師實力的依據之一。

失數家系

亦被簡稱「失數」，是「數字」遭受剝奪的魔法師族群。
昔日魔法師被視為兵器暨實驗樣本的時候，評定為「成功案例」得到數字姓氏的魔法師，要是沒有立下「成功案例」應有的成績，就得接受這樣的烙印。

各式各樣的魔法

● 悲嘆冥河
凍結精神的系統外魔法。凍結的精神無法命令肉體死亡，
中了這個魔法的對象，肉體將會隨著精神的「靜止」而停止、僵硬。
依照觀測，精神與肉體的相互作用，也可能導致部分肉體結晶化。

● 地鳴
以獨立情報體「精靈」為媒介振動地面的古式魔法。

● 術式解散
把建構魔法的魔法式，分解為構造無意義的想子粒子群的魔法。
魔法式作用於伴隨事象而來的情報體，基於這種性質，魔法式的情報結構一定會曝光，無法防止外力進行干涉。

● 術式解體
將想子粒子群壓縮成塊，不經由情報體次元直接射向目標物引爆，摧毀目標物的啟動式或魔法式這種紀錄魔法的想子情報體，屬於無系統魔法。
即使歸類為魔法，但只是一種想子砲彈，結構不包含改變事象的魔法式，因此不受情報強化或領域干涉的影響。此外，砲彈本身的壓力也足以反彈演算干擾的影響。由於完全沒有物理作用力，任何障礙物都無法防堵。

● 地雷原
泥土、岩石、砂子、水泥，不拘任何材質，
總之只要是具備「地面」概念的固體，就能施以強力振動的魔法。

● 地裂
由獨立情報體「精靈」為媒介，以線形壓潰地面，
使地面乍看之下彷彿裂開的魔法。

● 乾冰雹暴
聚集空氣中的二氧化碳製作成乾冰粒，
將凍結過程剩餘的熱能轉換為動能，高速射出乾冰粒的魔法。

● 迅襲雷蛇
在「乾冰雹暴」製造乾冰顆粒時，凝結乾冰氣化產生的水蒸氣，
溶入二氧化碳氣體使其形成高導電霧，再以振動系與釋放系魔法產生摩擦靜電。以溶入碳酸的水霧或水滴為導線，朝對方施展電擊的組合魔法。

● 冰霧神域
振動減速系廣域魔法。冷卻大容積的空氣並操縱其移動，
造成廣範圍的凍結效果。
簡單來說，就像是製造超大冰箱一樣。
發動時產生的白霧，是在空中凍結的冰或乾冰。
但要是提升層級，有時也會混入凝結為液態氮的霧。

● 爆裂
將目標物內部液體氣化的發散系魔法。
如果是生物就是體液氣化導致身體破裂，
如果是以內燃機為動力的機械就是燃料氣化爆炸。
燃料電池也不例外。即使沒有搭載可燃的燃料，無論是電池液、油壓液、冷卻液或潤滑液，世間沒有機械不搭載任何液體，因此只要「爆裂」發動，幾乎所有機械都會毀損而停止運作。

● 亂髮
不是指定角度改變風向，而是為了造成「絆腳」的含糊結果操作氣流，以極接近地面的氣流促使草葉纏住對方雙腳的古式魔法。只能在草長得夠高的原野使用。

魔法劍

使用魔法的戰鬥方式，除了以魔法本身為武器作戰，還有以魔法強化、操作武器的技術。
以魔法配合槍、弓箭等射擊武器的術式為主流，不過在日本，劍技與魔法組合而成的「劍術」也很發達。
現代魔法與古式魔法兩種領域，都開發出堪稱「魔法劍」的專用魔法。

1.高頻刃

高速振動刀身，接觸物體時傳導超越分子結合力的振動，將固體局部液化之後斬斷的魔法。和防止刀身自我毀壞的術式配套使用。

2.壓斬

使劍尖朝揮砍方向的水平兩側產生排斥力，將劍刃接觸的物體像是左右推壓般割斷的魔法。排斥力場細得未滿一公釐，強度卻足以影響光波，因此從正面看劍尖是一條黑線。

3.童子斬

被視為源氏祕劍而相傳至今的古式魔法。遙控兩把刀再加上手上的刀，以三把刀包圍對手並同時砍下的魔法劍技。以同音的「童子斬」隱藏原本「同時斬」的意義。

4.斬鐵

千葉一門的祕劍。不是將刀視為鋼塊或鐵塊，而是定義為「刀」這種單一概念，依循魔法式所設定的刀路而動的移動系統魔法。被定義為單一概念的「刀」如同單分子結晶之刃，不會折斷、彎曲或缺角，將會沿著刀路劈開所有物體。

5.迅雷斬鐵

以專用武裝演算裝置「雷丸」施展的「斬鐵」進化型。將刀與劍士定義為單一集合概念，因此從接觸敵人到出招的一連串動作，都能毫無誤差地高速執行。

6.山怒濤

以全長一八〇公分的大型專用武器「大蛇丸」所施展的千葉一門的祕劍。將己身與刀的慣性減低到極限並高速接近對手，在交鋒瞬間將至今消除的慣性疊加，提升刀身慣性後砍向對方。這股偽造的慣性質量和助跑距離成正比，最高可達十噸。

7.薄翼蜻蜓

將奈米碳管編織為厚度十億分之五公尺的極致薄膜，再以硬化魔法固定為全平面而化為刀刃的魔法。薄翼蜻蜓製成的刀身比任何刀劍或剃刀都要銳利，但術式不支援揮刀動作，因此術士必須具備足夠的刀劍造詣與臂力。

戰略級魔法師——十三使徒

現代魔法是在高度科技之中培育而成，因此能開發強力軍事魔法的國家有限，導致只有少數國家能開發匹敵大規模破壞兵器的戰略級魔法。

不過，開發成功的魔法會提供給同盟國，高度適合使用戰略級魔法的同盟國魔法師，也可能被認證為戰略級魔法師。

在2095年4月，各國認定適合使用戰略級魔法，並且對外公開身分的魔法師共十三名。他們被稱為「十三使徒」，公認是世界軍事平衡的重要因素。

十三使徒的國籍、姓名與戰略級魔法名稱如下所述：

USNA

安吉・希利鄔斯：「重金屬爆散」
艾里歐特・米勒：「利維坦」
羅蘭・巴特：「利維坦」
※其中只有安吉・希利鄔斯任職於STARS。艾里歐特・米勒位於阿拉斯加基地，羅蘭・巴特位於國外的直布羅陀基地，兩人基本上不會出動。

新蘇維埃聯邦

伊果・安德烈維齊・貝佐布拉佐夫：
「水霧炸彈」
列昂尼德・肯德拉切科：
「大地紅軍」
※肯德拉切科年事已高，基本上不會離開黑海基地。

大亞細亞聯盟

劉雲德：「霹靂塔」
※劉雲德已於2095年10月31日的對日戰鬥中戰死。

印度、波斯聯邦

巴拉特・錢德勒・坎恩：
「神焰沉爆」

日本

五輪 澪：「深淵」

巴西

米吉爾・迪亞斯：「同步線性融合」
※魔法式為USNA提供。

英國

威廉・馬克羅德：「臭氧循環」

德國

卡拉・施米特：「臭氧循環」
※臭氧循環的原型，是分裂前的歐盟因應臭氧層破洞而共同研發的魔法。後來由英國完成，依照協定向前歐盟各國公開魔法式。

土耳其

阿里・夏亨：「巴哈姆特」
※魔法式為USNA與日本所共同開發完成，由日本主導提供。

泰國

梭姆・查伊・班納克：「神焰沉爆」
※魔法式為印度、波斯聯邦提供。

The International Situation

2096年現在的世界情勢

以全球寒冷化為直接契機的第三次世界大戰——二十年世界連續戰爭大幅改寫了世界地圖。世界現狀如下所述：

USA合併加拿大以及墨西哥到巴拿馬等各國，組成北美利堅大陸合眾國（USNA）。

俄羅斯再度吸收烏克蘭與白俄羅斯，組成新蘇維埃聯邦（新蘇聯）。

中國征服緬甸北部、越南北部、寮國北部以及朝鮮半島，組成大亞細亞聯盟（大亞聯盟）。

印度與伊朗併吞中亞各國（土庫曼、烏茲別克、塔吉克、阿富汗）以及南亞各國（巴基斯坦、尼泊爾、不丹、孟加拉、斯里蘭卡），組成印度、波斯聯邦。

亞洲阿拉伯其餘國家，分區締結軍事同盟，對抗新蘇聯、大亞聯盟以及印度、波斯聯邦三大國。

澳洲選擇實質鎖國。

歐洲整合失敗，以德國與法國為界分裂為東西兩側。東歐與西歐也沒能各自整合為單一國家，團結力甚至不如戰前。

非洲各國半數完全消滅，倖存的國家也只能勉強維持都市周邊的統治權。

南美除了巴西，都處於地方政府各自為政的小國分立狀態。

The irregular at magic high school

上集提要

九月下旬，二〇九六年全國高中生魔法學論文競賽將近時的某個星期日，黑羽雙胞胎造訪達也。他們帶來四葉家當家四葉真夜的一封信，信件內容是「協助逮捕從橫濱逃亡的周公瑾」。這次居然不是「命令」，而是「委託」？達也雖然對此感到疑惑，依然造訪根據地設於奈良的九島家，尋找逃到京都、奈良地區的周公瑾下落。達也他們在那裡遇見和深雪擁有同等美貌的少年魔法師——九島光宣。

在光宣的帶領之下，達也等人開始尋找藏匿周公瑾的古式魔法師集團「傳統派」的根據地，但傳統派的古式魔法師與大陸的道士卻擋住他們的去路。另一方面，七草家當家七草弘一為了抹滅他和周公瑾串通的事實，命令心腹名倉暗殺周公瑾。周公瑾和名倉在京都的桂川河畔血戰，最後是名倉落敗。

突然收到隨扈噩耗的真由美，為了查明真相而展開行動。

西元二〇九六年十月十五日的放學後。兩週後就是論文競賽，但這天第一高中校舍各處，卻悄悄出現不同於準備工作喧囂聲的私語聲。

他們討論的是一位突然的訪客。那是一名二、三年級非常熟悉，一年級也幾乎無人不曉的知名校友。

當事人七草真由美被帶進貴賓用的會客室。看來校方不是將她視為前任學生會長，而是十師族七草家千金來接待。現在接待她的只有達也一人，這是她指名使然。

「達也學弟，對不起。因為我覺得來第一高中最不會出問題……」

真由美說完之所以低頭致意，應該是因為察覺到外面的騷動吧。她的專屬技能不是用聽的而是用看的，所以並未聽到學生們的流言蜚語。不過被帶到會客室的途中，不時有視線瞥向他們，即使不是真由美，也不難推測出兩人現在成了眾人的好奇焦點。

「不，請別在意。」

達也也知道自己和真由美引人遐想，但他回應真由美的這句話不是安慰或安撫。真由美這次來學校找達也，確實使他得做好忍受煩人傳聞好一段時間的覺悟，但還是比起直接跑來家裡好多了。在達也家裡，不希望「其他」十師族看見的東西多不勝數。那種東西當然不會隨便亂放，不過真由美的「眼睛」可能會一個不小心就看見。達也無法忽視這個風險。

真由美如果有事要找達也，直接到達也家肯定比到學校方便得多。畢竟她要查出達也住處應該不是難事，而且她比達也更需要在意空穴來風的緋聞。但她還是選擇在學校面會，一定是顧慮到達也的立場——達也當然也能理解這種單純的事情。

「那個……狀況怎麼樣？」

真由美似乎相當緊張，不像她的個性。

達也聽到不算問候也不算開場白的這句話後，冒出了這個感想。又或是她要談的事非常難以啟齒。

這樣下去恐怕會虛耗時間。如此擔心的達也決定自己帶入話題。

「今年的論文競賽，我主要負責會場當天的警備工作，所以不會很忙。」

「是……是嗎？達也學弟居然不是上台成員，我有點意外……」

「是的。所以若學姊要商量的事情是我能力所及，我或許幫得上忙。」

達也打從一開始就不認為真由美只是來看他。兩人的關係沒有親密到可以讓對方接受「因為想見你就來了」這種理由。雖然他們之間稱不上是單純的學姊學弟關係，不過也正因如此，她來找達也應該是基於某個明確的目的。

「……也對，浪費時間也沒用。」

真由美眼中依然透露猶豫的神色，不過正如她自己所說，這樣下去只會任憑時間流逝，而且真由美與達也的自由時間都有限。她是基於某個目的來見達也，不可能什麼都不講就垂頭喪氣地離開一高。

「達也學弟，你記得名倉先生嗎？」

「記得。請節哀順變。」

「感謝關心……達也學弟，原來你知道名倉先生的事了？」

「我看了地方版的報紙。」

「這樣啊……你是為了論文競賽會場的警備，跑去收集當地情報嗎？」

「算是這麼回事。」

「那麼……」

真由美這段短短的沉默，是為了甩掉是否該提出委託正題的最後一絲迷惘。

「你知道名倉先生的死因嗎？」

「只知道是他殺。」

「畢竟沒公開更進一步的情報呢。」

真由美露出的苦笑意外地乾脆。

「沒錯，名倉先生是被人殺害的，但是我不知道凶手是誰。」

真由美的說法，使得達也微微露出疑惑神情。

「學姊的意思是？」

「我父親……」

真由美說到這裡先停頓片刻。但她早已捨棄心中躊躇。

「我父親知道誰是殺害名倉先生的凶手。」

達也並未掩飾自己的驚訝。

「是令尊親口說的嗎？」

「不，不過我很肯定父親至少心裡有數。因為名倉先生就是受到父親命令，才會去京都進行祕密工作。」

「到京都進行祕密工作嗎……」

以達也熟悉的方式形容大概就是「不能見光的工作」，也就是非法或近乎非法的工作。

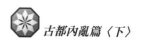

「這部分我也沒打聽得很清楚。父親只說是『某個工作』，還說我『沒必要知道』。」

「這樣啊。」

這等於承認了「有派名倉去進行不能見光的工作」。七草弘一大概也不想隱瞞吧——達也如此解釋。

「所以，學姊想怎麼做？」

對於真由美來說，這個問題絕對不是冷箭，但達也這句直接的話語，以及更筆直地射穿她雙眼的目光，使得真由美頗為畏縮。

即使如此，真由美也沒有低頭沉默。她在使命或義務之類的情感推動之下，選擇承受達也的視線。

「我想知道真相。」

「意思是想查出凶手？」

「——嗯，沒錯。」

真由美停頓片刻才回答，但這不是她內心躊躇所致，而是她在壓抑自己急躁的心。

「老實說，我和名倉先生的關係絕對不算親密。」

達也聽到真由美的坦白，默默地表示感到意外。但他沒有立刻插嘴，只以眼神催促真由美說下去。

「對於名倉先生來說，我只是工作上的服務對象。我也只把他當成監視員兼隨扈。」

「即使如此，學姊還是想找出凶手？我覺得這麼做的風險不低。」

達也試著稍微挑釁真由美。

得到的是充滿憤怒的視線。

「你可別誤會了，我不是隨口說說的。」

「那麼，妳為什麼要找出凶手？」

「我的隨扈因為七草家的命令而喪生。我知道命令內容並不是要他去死，但是派給他的工作很可能會致命，所以就結果而言是一樣的。我不想背對這個事實。身為七草家的一分子，我至少要知道事情真相。」

「了不起。」

達也說著嘆了口氣。

真由美柳眉倒豎。

「不過……」

她正要說話時，達也搶先以冰冷的聲音制止。

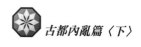

「學姊應該也知道，這到最後只會成為一種自我滿足。」

「我知道。不過，自我滿足錯了嗎？」

真由美並非變得自暴自棄，而是以蘊含堅定意志的語氣坦承，使得達也也無法立刻想到反駁的話語。

「我不能接受就這樣不知道真相。這樣自我無法滿足。我會沒辦法以七草家長女的身分挺胸活下去。」

「……以『七草家長女』的身分嗎？」

「沒錯。就好壞兩方面來說，這都是我的立場，我無法逃離這個身分。既然這樣，我想抬頭挺胸地這樣自稱下去。我這個想法很奇怪嗎？」

「不，我不覺得奇怪。」

真由美這個主張令達也同時感到羨慕與反彈。

深雪「還」無法自稱是四葉的直系，被迫隱瞞真實身分。達也不認為身為四葉家的一分子是美妙或能引以為傲的事，但是非得隱藏真正的自己，是一件悲傷的事。達也不是以感性，是以理性如此認為。

相較於這樣的妹妹，真由美卻說得出希望能以自己的出身為傲這種話，使達也理性上認為她是「應該」羨慕及嫉妒的對象。

「這樣啊……所以，妳要我做什麼？就算叫我找出凶手，我既沒有當偵探的本事，也沒有人脈可以幫忙調查。很遺憾，我認為我幫不上忙。」

但有別於那種「應該存在」的情感，達也是真的認為自己派不上用場。連線索不少的周公瑾探索任務都不曉得該從何著手，要他查出連名字都不曉得的殺人凶手下落，更是毫無頭緒。

「等一下！」

即使達也明確拒絕，真由美仍叫住正要起身的他。

「凶手恐怕和那個橫濱事件有關！」

出自她口中的制止話語，效力足以將達也留在沙發上。

「您說『橫濱事件』？」

達也應該沒將驚訝寫在臉上。

但真由美不知為何微微露出誇耀勝利的表情。

「去年橫濱事變的關係人。最近名倉先生似乎在中華街找這個人。」

真由美大概認為，自己成功吸引了達也的興趣吧。雖然原因和她想的不同，但達也確實感興趣了。

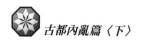

「虧學姊居然知道這種事。」

「那個人離開我身邊去做隨扈以外的工作時，總是習慣在工作結束後送我伴手禮。最近來自中華街的伴手禮很多。我一直覺得他誤以為我還是小女孩……但我現在覺得，名倉先生或許是想留給我一些提示，讓我知道他在做什麼。」

「原來如此。」

真由美或許沒有意識到，但她這番話包含許多暗示。

名倉的雇主是七草弘一，真由美雖是工作上要保護的對象，但她在僱傭或交易關係之中都是第三者，是外人。

名倉是長女的隨扈，又可以將不能見光的工作交給他——至少信賴到可以委由他處理不方便被人知道的工作。這樣的部下卻隨手留下工作內容的線索給外人。

七草弘一沒有完全掌握部下。

也可能是在七草家，沒有真正能稱為心腹的部下。

這件事或許會在今後帶來重大意義——

至此，達也停止繼續思考七草家的家務事。

「或許學姊說得沒錯，名倉先生的工作可能和橫濱中華街有關。但我覺得沒有根據能證明那是關於橫濱事變的工作。」

這時，達也認為讓真由美加入幫忙自己的行列也不錯。真由美在肉體上是手無縛雞之力的女性，但戰鬥力已在橫濱的戰場實際證明過。而且比起還是高中生的深雪與水波，真由美這個大學生在時間上比較好安排。

達也這番反駁只是要讓真由美冷靜一下。朝真由美過於躁進的心情潑冷水，讓她仔細想想會不會是自己誤判。如果她依然要求達也協助，達也就會接受。如此而已。

「話是……這麼說沒錯……」

她似乎也想過達也提出的這種可能性，顯露出怯懦的態度。

「……那麼，你認為『凶手和橫濱事變有關』只是我的主觀認定？」

但是只經過短短數秒，真由美就改以也像是豁出去的強勢態度面對達也。

「我沒這麼說喔。」

達也露出討好的笑容安撫真由美。

「只是覺得先入為主的觀念太強，或許會看不清事實。」

真由美身上透露出她將臉頰鼓起時的氛圍……但她畢竟已經是大學生了，不會讓這種表情真的出現在臉上。

「『先入為主』跟『主觀認定』還不是一樣……」

真由美這句細語清楚地傳入達也耳中，但達也視為是真由美自言自語。具體來說就是當成耳邊風。

「……我當然知道這麼做的風險。」

不過，達也確實回應了真由美直視著他說出的這句話。

「學姊也知道這樣很危險嗎？」

達也一直在等待問她這個問題的機會來臨。

「知道。就算這樣，我還是沒辦法袖手旁觀。」

真由美這句回答，也感覺得到當中包含了已無法收手的意思。

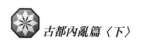

「所以達也學弟，拜託你，希望你助我一臂之力。」

不過達也完全不在乎。表面上他是因為真由美極力要求才答應，這個結果正合他意。

「──我知道了。」

真由美露出鬆一口氣的表情。

雖然沒寫在臉上，但達也同樣感到放心。

「具體來說，我要怎麼做？」

「達也學弟，你會為了警備工作去京都場勘吧？」

「是的，這週末要去。」

「到時候希望你稍微陪我一下。我想看看名倉先生遇害的現場。」

「這樣就好嗎？」

達也提出當成最後總結的問題之後，真由美也做出了他想要的回應。

依照當地的狀況，達也或許會想要真由美好好陪他一下，而不只是稍微。

但他不應該問這個問題。

「……我也明白的。」

達也行事冷酷，但如果是和己身目的無關的領域，他並非不會在意別人的心情。他看到還算熟識的對象因為自己的話語而消沉，感覺不是很舒服。

「我還只是七草家的女兒，我自己在社會上還沒有任何力量。身為魔法師的實力與天分也終究是以人為本，沒辦法動員警察或是代替警察尋找凶手。」

她輕聲說出的喪氣話完全是事實，達也沒有任何話語能安慰她。達也能夠報復無頭龍及應付侵略軍，是因為背後有獨立魔裝大隊這個組織撐腰。能夠介入寄生人偶計畫，主要也是因為得到九重八雲的協助，以及獨立魔裝大隊提供可動裝甲。

至今的每個案件，光靠達也個人的力量都無法那麼順利處理。達也從未忘記這一點。正因為親身體會到個人的力量有限，才無法輕易出言安撫。

「達也學弟一開始說得對，到頭來，這只是我的自我滿足。為了這種事冒險或許是很笨的做法，可是……」

「我知道了。」

達也重複同一句話，打斷真由美的話語。

「那就約在二十一日星期日。時間與地點看學姊方便。」

「……達也學弟，謝謝你。」

真由美在沙發上深深低頭致意。

「那麼，我明天寄電子郵件告知你時間與地點。」

「方便再問一件事嗎？」

達也叫住道謝完準備離席的真由美。

「名倉先生的遺體已經火化了吧？」

「嗯……是的。」

「他過世時的隨身物品還留著嗎？例如當時穿的衣物之類的。」

「警方說要當成證物保管，就讓他們那麼做了。名倉先生沒有親人，所以我希望盡可能協助警方逮捕凶手……」

「我可以檢視一下嗎？」

「……我拜託和家裡聯絡的刑警看看。」

真由美回應之後，達也微微低頭致意。

她似乎欲言又止，所以達也以眼神催促她開口。

「對不起。因為我沒想到你會這麼親切地幫我……」

「既然要協助，我會盡力而為。」

達也說完就起身，以免真由美再度向他道謝。

達也在這短短的時間內重新整理了想法，推測名倉是被周公瑾殺害的可能性不低。七草弘一或許是派名倉三郎自行調查周公瑾的底細——這個假設絕對不是荒唐無稽。既然並非絕對不可能，那麼甚至存在七草家當家曾經和周公瑾串通的可能性。

達也說他想看名倉的遺物，只是因為他認為可能找得到和周公瑾相關的線索。這絕對不是真由美需要道謝的事。

達也送真由美到校舍正面玄關之後，便前往學生會室。

不知為何，在室內的不只是學生會幹部與現任風紀委員長，還有前任社團聯盟總長。

「哥哥，辛苦了。」

「嗯，抱歉來晚了。」

深雪掛著笑容起身，達也揮手要妹妹坐下，然後前往自己的座位。雖然他察覺不時有視線偷看自己，但他沒有主動做出反應。

「司波學長。」

首先對達也開口的，是他進入學生會室至今都不看他一眼，正在和終端機奮戰的泉美。

「有什麼不懂的地方嗎？」

達也的反問就表面看來很妥當，實際上卻是預料到泉美想問問剛才結束的那場面會，才會這麼說。

「不是啦！」

而且他不可能猜錯。

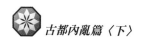

「姊姊她……回去了嗎？」

「回去了。難道妳有事找她？」

「不，不是。只是，那個……想說姊姊究竟有什麼事，居然需要借用學長的時間。」

泉美這番話很明顯是表面話。她想知道姊姊和達也究竟談了什麼事。

「害妳操心了嗎？妳用不著擔心喔。」

但是用這種方式向達也打聽，只會被他反過來利用這種表面話轉移話題。

「我沒有為學長操心！」

結果導致泉美賭氣回嘴，還因為學長姊不禁投以覺得有趣的視線而臉紅。

泉美紅著臉低下頭之後，深雪接替她繼續詢問。她沒有偷看哥哥的表情，卻並非對於達也與真由美兩人共處一室漠不關心。不對，反而該說她還是最在意的人。

「所以哥哥，七草學姊和您談了什麼？方便的話，希望您可以告訴我。」

感覺深雪一問完，周圍就同時豎起了耳朵。看見達也環視室內，有人移開目光，有人沒移開。儘管有著這些差異，但所有人都在等待達也回答。

「學姊好像也要到京都辦點事。」

達也如此告知的同時，泉美身體一顫。雖然她低著頭，看不出表情，但很容易就能猜出她想到名倉的事。不過，達也認為要是在這裡顧慮泉美的感受或是安慰她，反而會造成反效果，所以達也裝作若無其事地繼續說下去。

「學姊說下週的場勘想和我一起去。她沒有說明要去做什麼，所以我拒絕了，但她看起來心事重重的樣子。」

達也修改結論如此回答之後，服部輕輕嘆了口氣。他肯定也在擔心「那種事」。

不過，服部像是要掩飾想法般，以更加嚴肅的語氣詢問達也。

「司波，你知道是嚴重的事，那為什麼要拒絕？雖說是警備場勘，也只是繞市區一圈觀察狀況吧？既然沒有時間限制，只是一起行動的話應該不會礙事才對。」

其實服部自己應該很想同行，但他是個正經八百的好青年，真是難為他了——達也聽完服部的詢問之後如此心想。達也的嘴唇不是基於嘲笑，而是基於善意差點露出笑容，使他必須刻意緊閉嘴唇。

不過，責備他的話語還沒結束。

「達也同學，我也這麼認為。」

服部的責問在達也的預料之內，但穗香也和服部同聲一氣就出乎預料了。

「市原學姊與十文字學長也在魔法大學裡，七草學姊卻專程來到一高，代表學姊應該相當依賴達也同學吧？」

達也不明白穗香的想法，沒能立刻回應。

無法想像達也在京都和真由美見面能讓穗香因而得到什麼好處。如果深雪完全是外人，或許是想到可以拿真由美當電燈泡，但深雪是達也的親妹妹。水波則是會和達也保持一定的距離，這從她平常的態度就看得出來。

這種想法對於穗香可能很失禮，但穗香或許純粹是同情真由美才這麼說。

「達也，如果只要撥點時間就能解決，應該沒關係吧？」

「……說得也是。」

連幹比古都這麼說了，達也只能承認自己屈居下風。儘管幹比古不知道「逮捕周公瑾」這個真正的目的，但他是京都場勘之旅背後對「傳統派」發動挑釁作戰的共犯。連他都勸達也協助真由美了，要是達也依然頑強拒絕，或許會讓他無謂地起疑。

而且，這樣的發展也正合達也的意。只要找到能夠和真由美同行的理由，會合時也沒必要假裝巧遇。

其實達也不太期待真由美幫得上多少忙，但人手自然是越多越好。達也認為四葉家要他做的不是尋找周公瑾，而是找到後的處理工作。但真夜的委託內容是「協助逮捕」，要是沒找到就不可能逮捕，所以至少得做個樣子，表現自己有在進行搜索。要作戲的話，多湊一些人比較體面。

「學姊那邊由我聯絡，順便道歉吧。泉美，我可以聯絡一下學姊嗎？」

「為什麼要問我？」

泉美以不太高興的語氣反問。她敏銳地察覺這個問題是因為達也認為她有戀姊情結。

「因為妳是七草學姊的親人。」

不過，達也不會因為學妹心情不好就畏縮。

「沒必要經過我的許可，學長請自便。」

達也不討喜的回應，引得泉美可愛地撇過頭去。

◇◇◇

前山梨縣一個群山環繞，靠近前長野縣界線的狹小盆地中有個無名村莊。連地圖都沒標示的這座山中小村莊，正是在全世界魔法相關人士之間惡名昭彰的四葉家的大本營。

村莊中央，在遼闊建地內擁有數座別館，且在村中明顯大一號的平房宅邸就是四葉家主屋。宅邸的女主人四葉真夜，正在其中一個房間聆聽心腹管家葉山的報告。

「……以上就是奈良事件的來龍去脈。」

「國防軍情報部啊……」

真夜豔麗的紅唇露出嘲笑。這張表情中沒有任何低俗，甚至醞釀出高貴的氣息。

「已經查出是哪個單位介入的了，若您覺得礙眼……」

「無妨。國防軍也有面子要顧吧？只是稍微多管閒事而已，得睜隻眼閉隻眼才行。」

主人以高傲的語氣說完，老管家便恭敬地行禮致意。葉山並未對真夜瞧不起國防軍的態度抱持任何疑問。

「不提這個，說說達也吧。」

真夜的注意力立刻從國防軍移開。雖然這麼說，但真夜與葉山原本就是在聊達也，所以只是回到正題罷了。

「他目前為止有很認真工作吧？」

「是的。關於開發中的新魔法，他也沒有刻意隱瞞，看不出任何反抗意圖。」

「新魔法啊……他說是近距離物理攻擊的魔法。猜得出是何種魔法嗎？」

「這純粹是屬下個人的推測，可以嗎？」

「沒關係。讓我聽聽葉山先生的想法吧。」

真夜沒有藏起好奇心而詢問葉山。

完全不參加實戰，也幾乎不會出面協商事情的真夜，平常都在宅邸裡足不出戶。但她並沒有閒到發慌。當然，她也不是沉溺於荒淫或是整天上網玩遊戲。四葉家最重要的課題是提升魔法師的性能。身為當中的一分子，她的時間主要是用來研究魔法。

對於這樣的她來說，達也正在開發新魔法的情報，純粹是引發了她的好奇心。

「他說這個魔法參考了安吉．希利鄔斯的『布里歐奈克』，再從『重子槍』這個名稱來看，或許是將物質分解到質子、中子層級再發射的一種粒子砲。」

「會是荷電粒子砲嗎？」

「如果是那樣的話，達也閣下應該會說這是重現『布里歐奈克』的魔法吧。屬下不才認為反而很可能是中子砲。」

「中子砲啊……中子護罩是已完成的魔法，達也當然也會想到這一點吧。」

愉快地深入推敲的真夜，突然露出倍感在意的表情停頓片刻。

「……重子槍。為什麼不是射擊用的『箭』、『砲』或『彈』，而是近戰的『槍』？」

葉山也很在意這點，但他在被問到之前，就已經決定要如何回答。

「屬下並不知道得這麼詳細。不過達也閣下說他將在慶春會的席上表演，實際觀看應該是最好的方法。」

用不著拿出「百聞不如一見」這句俗語，真夜也知道比起反覆臆測，實際觀測是更快更聰明的方法。但她無法拭去被吊胃口的感覺，忍不住提出壞心眼的問題。

「為什麼沒問詳情？我覺得這是測試那孩子是否真正聽話的絕佳材料。」

「恕屬下冒昧，屬下覺得為了『夫人的目的』，沒必要確認得這麼詳細。」

不過，真夜這麼做或許是自找麻煩。葉山以勸誡的語氣說完後，真夜以細微動作聳肩。

「不足以形容為『目的』啦，沒那麼誇張。」

葉山注視真夜的視線，使她不禁覺得非得解釋一下。

「理由不是因為他是我的外甥。排擠那孩子對四葉沒有好處。」

「但屬下認為，要以『因為他是您的外甥』為理由也沒關係。」

「葉山先生……」

「恕屬下失禮了。」

真夜以責備語調叫出葉山的名字之後，葉山恭敬地行了個禮。不過在這種情形下，用這種話道歉並不適當。原本應該要使用「失言了」或「請原諒屬下多嘴」之類的話語。

葉山沒說自己剛才那番話是「多嘴」，肯定和真夜臉頰微微泛紅有關。

「葉山先生。」

葉山離開真夜房間，前往他租為住處的別館時，在途中的庭院聽到身後有人叫他。

雖然沒感受到對方的氣息，葉山卻未因此慌了手腳。在這座村莊，能讓己身氣息和風或黑暗同化的人並不稀奇。

何況，葉山非常熟悉這個來自背後的聲音。

「黑羽大人，請恕屬下沒察覺您蒞臨。」

至少彼此的關係親密到可以這樣挖苦。

被消遣的黑羽貢雖然不悅地蹙眉，但他當然不會因為這樣就動怒。

「不，我才失禮了。我沒察覺自己依然和周圍氣息同化。」

葉山無法判斷貢這番話是真是假。畢竟貢很可能因為平常就一直藏在幕後而習慣這麼做。相反的，要是他無法察覺自己將氣息消除、偽裝還是任憑散發，應該就無法勝任諜報工作。

「沒關係，請不用在意。」

不過，這種事一點都不重要。如果黑羽貢認真藏起氣息，即使他站在葉山面前，葉山大概也不會察覺。貢只要有心，隨時可以取自己性命。所以葉山認為，只為了點小事就生這種人的氣也沒有益處。何況黑羽家是四葉的有力分家，當家的貢是葉山必須服侍的對象之一。要是動不動就因為主人的心血來潮而生氣，就沒資格當管家。

「所以，黑羽大人，請問找屬下有什麼事？」

「真要說的話，確實有事……我想和葉山先生談一談。」

葉山眉頭微微一顫，表現不悅，但這是刻意的情緒表現。

「意思是……有重要的事情要談？」

葉山露出殷切的微笑。

貢連忙揮動雙手否定。

「不不不，就是字面上的意思。我想請教一些事，還有一些事想商量。」

「看來是屬下失禮了。」

葉山在一片黑暗當中恭敬行禮，完全沒有任人窺見內心的破綻。

「那麼，這邊請。」

葉山前往剛剛才離開的主屋。他是四葉家的首席管家，擁有可以在某限度之下自由使用主屋會客室的權限。即使沒有這種權限，借用一個房間讓黑羽家當家和自己談事情，也肯定不會受到責備。反倒是一直站著交談，才會在事後挨罵吧。

不過，貢並未配合葉山這個按照常理的應對。

「不，如果葉山先生不介意，在這裡談就好。」

葉山停下腳步轉身，朝貢投以疑惑的視線。

貢無視於投向自己的質疑。

「葉山先生剛才和當家大人討論的，是不是那個男人——周公瑾的事？」

葉山聽完貢這番話，恍然大悟地點點頭。

「工作被插手，您當然會在意吧。」

「啊，不……」

葉山以相當難為情的方向曲解貢的話語，貢連忙想改口。

「不過，您無須擔心。」

但葉山沒留時間給他反駁。

「黑羽大人應該知道，深雪大人的守護者正在接受考驗。」

貢由衷不高興地拉下表情。

「……我知道。」

這個考驗不是從貢的兒女們拜訪達也的九月下旬，而是從八月的那天開始。貢因而被達也看到近乎最糟的醜態。貢很感謝達也讓他免於變成獨臂，但自尊心嚴重受創又是另一回事了。

「屬下剛才就是在報告這場考驗的經過。深雪大人是本家系下任當家的有力候選人，為了今後的四葉家著想，必須看清她的守護者將來是否會對四葉造反。」

貢更加透露出內心的不悅，但葉山完全沒有顧慮。

「這是極度重要的事，所以雖然屬下知道這樣對黑羽大人很失禮，但還是將這次的事件用為判斷依據。」

「那個男的不可能對四葉家抱持忠誠心。」

貢不屑地如此放話道。他的這番話與這張表情，都是絕對不會在深雪或達也本人面前表露的真心話。

「黑羽大人是以什麼依據如此斷定，屬下心裡完全沒有底。不過……」

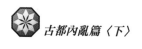

不介意的話請告訴我吧——葉山以目光如此詢問。

但是貢以沉默回應他的眼神。

葉山似乎不以為意，接著便自己以悠哉語氣說出答案。而且這恐怕是只有他說得出口的毒辣話語。

「達也閣下不知道自己剛出生就差點被自家人殺害，所以您要是擔心他不忠誠，只能說您真是疑神疑鬼啊。」

「葉山！」

貢捨棄至今對葉山的恭敬態度。

這是貢這個世代一直噤口至今的事。除了具備四葉血統的「椎葉」、「真柴」、「新發田」、「黑羽」、「武倉」、「津久葉」、「靜」七個家系的人以外，只有葉山知道這件事。即使是繼承四葉血統的人，也沒有未滿二十歲的人曉得這個祕密。這記冷箭難免令黑羽貢不禁失去冷靜。

葉山以恭敬的笑容，嚇下投向自己的殺氣。

「『那一位』對四葉家沒有忠誠心，而且今後應該同樣如此，這是連屬下都知道的事，夫人更不可能沒察覺。即使如此，夫人還是將深雪大人交給那一位保護。」

貢咬緊牙關。

貢為了試探而展開的這場對話，不知何時變成了葉山對貢的譴責。

「黑羽大人，忠誠心這種東西沒有用處喔，有意義的只有行為。即使是陽奉陰違，只要沒有違背立場與期待，並且做出成果，就比做不出成果的忠義部屬有用。道具不需要忠義，兵器不需要擁有內心。」

「你這傢伙的意思是……魔法師是兵器……？」

「您或許忘了，屬下也是魔法師。不過和各位比起來，甚至連棉薄之力都稱不上吧。」

葉山不以為意地笑道。

貢落入沉重的沉默。

「兵器不會抱持恐懼，不會抱持不安。不過，如果只因為擔心有變成那樣的可能性，就想殺害一個純真的人，這種人的心真的優於無心的兵器嗎？」

葉山往貢的內心深深打入一根楔子，在行禮致意之後離開。

◇◇◇

十月十九日，星期五。包含今天在內，距離今年的論文競賽剩下整整十天。發表論文的準備工作終於進入完結階段。

今年和去年不一樣，校內沒有發生可疑事件。雖然可以說去年是特例，今年只是回復正常，不過也多虧這樣，人手沒被借去做其他沒必要的事，所以邁向正式上場報告的準備也如當初計畫地順利進行。

在這約十天內，達也等人身邊也沒有發生大事。應該是八雲徒弟們的努力，加上葉山透過花菱管家安排的「傭兵部隊」暗中活躍所產生的結果吧。花菱是四葉家僱傭排名第二的管家，負責在四葉家接到須以武力解決的委託時進行各種安排（當中也包含了人員派遣），由他負責肯定萬無一失。

若論人數，四葉家的魔法師其實不太多。即使不侷限於擁有四葉血統的人，四葉家旗下隨時可以自由使喚的魔術師人數，相較於七草當然不用說，即使相較於一条家或五輪家，也應該形容為「人很少」。

四葉的魔法師盡是能夠顛覆人數劣勢的實力派，不過有時候也會面臨人數至上的場面。為了因應這種狀況，四葉在外部設置了一個「用過即棄」的協力組織。

犯下嚴重叛國行為，或是企圖犯下這種行為的魔法師。雖然並沒有對國家採取直接的敵對行動，卻想將可以運用在軍事上的魔法技能洩漏給國外勢力的魔法師。對國家做出這種背信行為的魔法師，大多委由四葉家肅清。

這份工作成為四葉家重要的收入來源。而且不只是金錢方面，四葉家還透過這份工作建立戰力。因為他們會洗腦逮捕的反叛魔法師，收為棋子。

四葉的洗腦方式不像無頭龍使用的「施法器」那樣，會剝奪意識。四葉家非常清楚意念與情緒會直接影響到魔法的威力。

他們進行的洗腦是最古典的類型。也就是一直對這些人植入對於「四葉」的恐懼，讓他們認定要是違抗，便唯有一死。以對死亡的恐懼改寫原本的意識形態。如果是真真正正不怕死的瘋狂信徒，四葉家打從一開始就不會處理。他們只和害怕死亡的人提出交易——「只要表現得好，就可以『活著』得到自由」的交易。

想獲得報酬，也就是自身生命而搏命執行任務的魔法師傭兵部隊——四葉將這支部隊巧妙運用在各種工作上。這次的護衛任務是只要看到形跡可疑的魔法師就二話不說地抓走，確實是人手越多越有效。因此四葉家就像是要用光儲備的洗腦魔法師般投入大量人力。或許是這麼做收到了成效，不只是達也朋友身邊的環境，連第一高中周邊也幾乎處於完全風平浪靜的狀態。

即使有「準備論文競賽」這個名義，女學生也不能在學校留到太晚。即使會被批判男女有別或是性別歧視，女學生也不被允許像男學生那樣獲准在關門之後的晚上工作。

今天也即將來到關門時間，學生會也開始進行收拾工作。不過現在是無紙化時代，所以和一百年前將文件收回櫃子或塞進書包的「收拾」差很多，完全不需要匆忙地到處跑動，很快就能

「……深雪學姊，我先告辭了。」

明天是星期六，深雪要向學校請假前往京都。她向校方申請延長放學時間以製作交接清單。這也是泉美先走的原因。

「泉美學妹，明後天拜託妳嘍。就靠妳了。」

「這是我的榮幸！雖然力有未逮，但我會盡棉薄之力！」

原本泉美一直依依不捨似地遲遲不走出門口，不過深雪這麼說完，她就一改態度，愉快地踏上歸途。

「深雪也已經很習慣該怎麼應付泉美學妹了呢。」

穗香關閉自己的終端機起身，露出苦笑。

「很有當壞女人的潛力。」

來學生會室要和穗香一起回家的雫搭腔這麼說。從客觀的角度來看，深雪不能當作沒聽見這句話，但她知道雫沒有惡意，所以只是笑著回以這段話：

「女生和女生相處，沒有好女人或壞女人可言吧？」

「……深雪真是罪孽深重。」

即使雫由衷地嘆了口氣，深雪也只是笑了笑，不予回應。

在今年的論文競賽中，雫的職責是保護論文主講人梓，但她最近每天都和穗香一起回家。出校門時大多是包含梓在內的一大群人一起走到車站，但是到車站後就只剩雫和穗香兩人。不對，其實有護衛暗中守護，但護衛行動時基本上要避免被雫她們看見，所以雫至少在電動車廂或通勤車上是和穗香獨處。

「噯，雫。」

排隊等待搭乘電動車廂時，穗香以關心的語氣向雫搭話。

「什麼事？」

但是雫完全不知道穗香在擔心什麼，疑惑地歪過腦袋注視穗香。此時，正好有兩人座的車廂停在她們面前。

雫向旁邊等待四人座車廂的三人組點頭致意之後上車，將車票放在指定目的地的讀卡機上感應，然後再度以目光詢問穗香。

「嗯……我在想，這樣會不會出問題……」

「什麼事情出問題？」

「那個，就是中条學姊的護衛……」

「啊，原來是這件事。」

雫面帶一副在說「什麼嘛」的表情，放鬆肩膀。

「是中条學姊主動要求的。」

「說上下學只要由千倉學姊護衛就好？」

果然是知心好友，穗香自己補足了雫省略的部分。

「果然還是由同年級的人護衛比較好嗎？」

「嗯……我想我可以理解。只要學年不一樣，即使對方是學妹，有時也會顧慮。」

「但我覺得香澄與泉美是例外。」

「啊……啊哈哈哈……不過啊，水波學妹也是，該怎麼說，總覺得有點隔閡……」

「是啊。」

雫以簡短話語同意穗香的主張。主張同年級比較不會拘謹的本來就是雫，所以她會這麼回應也是當然的。

「而且有千倉學姊在，就不會有問題。」

「咦？啊～這麼說來，千倉學姊的魔法很適合防守呢。」

「嗯。」

雫說得太突然，令穗香這次沒辦法立刻補足省略部分，但她還是只需稍微思考，就知道雫想說什麼，或許該說她們不愧是知心好友吧。

千倉朝子擅長的魔法是「方向反轉」。以她的事象干涉力，要是預先知道有人開槍，她甚至可以反彈反物質步槍彈。雖然要是被狙擊暗算就無計可施（不只是朝子，大部分的魔法師都一樣），不過在當面被手槍瞄準的狀況下，就堪稱沒有敵手。

而且她的魔法不只適用於射擊武器。即使人類撞過來，她也能反彈其動量。如果是普通汽車程度的質量迎面而來，除非是像時速兩百公里以上的高速，否則她都能應付。

正如穗香所說，在今年一高的護衛成員之中，千倉朝子擁有的魔法特性最適合防守。

「不提這個，穗香妳才是，沒問題嗎？」

「咦……妳是指什麼事？」

雫目不轉睛地注視一副心裡完全沒底的穗香。

即將抵達目的地車站的訊息，投射在電動車廂的車窗上。

雫說聲「晚點再聊」後，便轉頭看向正前方。

兩人吃完晚餐正在洗澡的時候，雫才重提這個話題。

「穗香沒問題嗎？」

「咦，妳說什麼？等我一下。」

正在洗頭髮的穗香關掉熱水，看向泡在浴缸裡的雫。

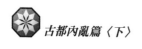

「嗯，等妳洗完頭髮吧。」

「這樣啊。我快洗好了，再等我一下就好。」

穗香再度仔細將洗髮精沖乾淨後，從防水罩下的收納櫃取出毛巾。她擦乾頭髮上的水之後，將吸滿水的毛巾裝進網紋洗衣袋，接著換拿起潤髮乳的瓶子。

「要幫妳弄嗎？」

「不，不用了。要是拜託雫，妳會仔細過頭，花掉太多時間。」

「有什麼關係，讓我來吧。」

雫離開浴缸，一邊任憑熱水滴落，一邊稍微強硬地搶過穗香手中的潤髮乳瓶。

「穗香的頭髮又直又漂亮，好羨慕。」

雫摸著穗香濕潤的頭髮嘆氣。

「和深雪比起來……我這樣算什麼……」

雫率直的稱讚，使得穗香害羞地稍微低下頭。

「和深雪比較也沒意義。」

雫正經八百地反駁。

「說得也是。」

穗香也覺得好笑地輕聲一笑。

雫先將穗香的頭髮束成細細的，再溫柔地塗抹潤髮乳。

「而且，我比較喜歡妳的頭髮。」

「咦咦？妳這樣太偏袒自己人，應該說太偏袒朋友了啦。」

穗香對雫輕聲說出的感想大為驚訝。

「我們是朋友，當然會偏袒。」

雫大剌剌的態度令穗香啞口無言。

「而且就我的喜好來說，深雪頭髮的顏色太深了。」

雫難得講得滔滔不絕，和穗香成為對比。

「我比較喜歡穗香的亮色頭髮。」

「是……是嗎？……謝謝。」

穗香輕聲說出的最後兩個字，不曉得雫是否有聽見。

雫默默幫穗香潤髮，穗香也默默將頭髮交給雫處理，這樣的狀況持續了好一陣子。

雫拿起蓮蓬頭。

穗香用力閉上雙眼。

雫以熱水徹底沖洗穗香的頭髮，以蓮蓬頭的水壓沖掉潤髮乳。

正如剛才說好的，雫在穗香洗完頭髮之後，才重提剛才在浴缸裡想問的問題。

穗香與雫面對面地進入浴缸。雫家的浴室很大，儘管是副浴室，面積也是一般家庭的兩倍左右。浴缸也是與其相對應的大浴缸，兩人一起泡也綽綽有餘。

「穗香……」

「嗯？」

「妳沒問題嗎？」

「咦，什麼事情沒問題？而且妳剛才也這樣問……」

雫再度注視穗香的表情。

看來穗香不是在裝傻。雫如此判斷之後，決定問得具體一點。

「妳留在東京真的沒問題嗎？妳應該也想去京都吧？」

穗香倒抽一口氣，僵直了身子。

肌膚感受到的水溫沒變。但是穗香僵掉的身體以及表情，甚至讓雫誤以為周圍很冷。

「這……」

「抱歉，我神經太大條了。」

穗香連嘴唇都發紫了。雫把目光從她身上移開。

「……沒關係。畢竟雫一直支持我，我覺得妳會感到疑問也是理所當然。等我一下。」

穗香說完反覆深呼吸。內心逐漸恢復平靜之後，臉上也跟著恢復血色。

「呼……雫，可以了，轉過來吧。」

在穗香的催促之下，雫移回視線。兩人再度直直相視。

「老實說，我當然想和達也同學一起去京都。我不奢求兩人共處，和深雪一起也沒關係。我只要能和達也同學在一起就好。」

「……那麼，為什麼不去？」

「因為我不想扯後腿。」

聽到這個預料之外的回答後，雫注視著穗香的臉。

穗香露出既寂寞，又很無力的微笑。

「雫也察覺了吧？達也同學指示我叨擾妳家，不是為了論文競賽。」

雫雙眼亮起恍然大悟的光芒。

「達也同學是認真在擔心『我們』。他提防的對象不可能只是想要論文競賽資料的小偷。我覺得真的有去年那種棘手的敵人存在。」

「穗香，妳認為達也同學是基於『任務』行動，對吧？」

雫抱住自己的雙肩發抖。

穗香划水移動到雫身旁。

即使身處特別訂製的浴缸，像這樣並排在一起還是會覺得很擠。

穗香從原本兩人身體緊貼的姿勢下，轉而摟住雫的肩膀。

雫放下抱住自己肩膀的雙手。

「嗯……我認為達也同學在執行國防軍的任務。而且對方可能是規模相當大的組織，甚至無法保證我們不會被抓去當人質。」

「所以才派護衛保護穗香？」

「不只是我喔。因為派護衛跟著我，就代表和我在一起的妳也是要保護的對象。吉田同學會跟著美月應該也是這個原因，畢竟吉田同學的實力連專家都自嘆不如。」

「他賺到了。」

「一點都沒錯。」

兩名少女就這麼赤裸裸地依偎，並輕聲笑著。

不過，穗香很快就慢慢收起笑聲。

穗香的笑聲停止之後，雫也沒繼續笑下去。

「我覺得這次的京都之行，探勘警備地點也只是順便，他一定另有真正的目的。我在想，這趟行程若遇上不好的發展，是不是有可能演變成衝突場面。因為達也同學挑選明天一起去的成員都是適合實戰的人。水波也不例外，她的護壁魔法在關鍵時刻應該很管用。」

「但我覺得穗香的實力也不錯。」

「不，我不行。只是從遠方支援就算了，但我被直接襲擊就會扯達也同學後腿……」

以一般魔法師的水準來說，穗香的戰鬥力絕對不低。至少以高中生的標準來看，說她一流也不為過。不過相較於以一般標準來看也是超一流的深雪，或是單就戰鬥層面以軍方標準來看也是一流以上魔法師的達也，穗香的直接戰鬥力就差了一兩個等級。即使是好友雫，也無法否定這一點。所以雫也說不出更多慰藉的話語。

「所以，這樣就好。」

雫尷尬地陷入沉默，於是穗香將這個好友的頭摟入懷中。

雫的臉埋在半張臉露出水面的穗香胸口。

「穗香，我好難受。」

「呀啊！」

穗香發出難為情的尖叫聲，放開雫的頭。

口鼻得到解脫的雫大口吸氣。

她忿恨地看著穗香。不是看臉，是看胸部。

「對……對不起！」

穗香一邊道歉，一邊以手遮住胸部，整個人貼在浴缸側面。

兩人同時「噗」地笑出聲。

尷尬的氣氛在這一瞬間消失得無影無蹤。

「雫，對不起。」

「我才應該說對不起。」

「不，雫是為我著想才這麼問的。如我剛才所說，妳沒必要道歉。」

穗香說完露出開朗的笑容。

「我其實也想一起去京都。但我不想礙手礙腳也是真心話。所以我這次要乖乖待在東京。如果達也同學希望我沒發現，我會假裝沒發現。我就依照達也同學的期望被他騙。」

穗香這番話，使得雫露出溫暖的笑容。

「穗香是個好女人呢。」

穗香的從容態度瞬間瓦解。

「妳……妳在說什麼傻話啊！」

「如果我是男生，就不會扔下妳了。」

「那個……雫小姐，妳的眼神很恐怖耶！」

「身材很好……長得也可愛，感覺很容易親近……」

雫的纖細手指輕撫穗香的下顎。

「呃……雫！妳這樣好像艾咪耶！」

「唔，我胸部比艾咪大。」

「重點不在那裡啦！」

「難道妳的意思是說，跟妳自己的比起來，我跟艾咪的沒什麼差別？」

「我沒這麼說！」

「我看看……」

「呀啊！」

「……雖然早就知道，但是真沒天理。」

「等一下，雫，拜託，住手……」

……此時此地發生了什麼事，在這裡不便明說，不過唯一能寫的，就是兩人這天都在浴缸裡泡昏頭了。

[7]

十月二十日，星期六早晨。

某些藝術學校依然維持每週上五天課的制度，但現在的高中普遍是每週上六天課。魔法科高中的課表也是從週一到週六都排得滿滿的。

平常總是坐在教室看著終端機，或是上實習、實驗課的這個時間，達也正帶著深雪與水波前往京都。

達也等人並非蹺課，而是公假。名義是論文競賽的事前準備。這次不是搭磁浮特快車，而是子母電車。

簡單來說，子母電車是雙層構造的聯結電車，一樓收納電動車廂，二樓是乘客用的舒適空間。電車只是沒有上浮，動力依然來自磁浮馬達，所以速度也不會比磁浮特快車慢上多少。

子母電車以金屬製的車輪行駛在金屬軌道上。這種形態比磁浮特快車或電動車廂更忠於「鐵道」的原義。

關於搭乘的程序，首先子母電車會將停車用的搬運台平移到電動車廂的軌道上，但會和軌道保持少許間隙。子母電車的速度較快，所以是從電動車廂的後方接近。然後停車用的搬運台便會從後方撈起電動車廂，再平移回到子母電車裡，所以乘客會這樣連同電動車廂搭乘子母電車。電動車廂的車輪只負責支撐車身，車輪本身不會藉由動力機關轉動，因此可以使用這種做法。

搭乘子母電車之後，達也等人立刻離開電動車廂，前往二樓的舒適空間。即使電動車廂比較能確保隱私，但難得有個可以伸直四肢的地方，就這樣窩在狹小的空間太可惜了。

幸好休閒椅沒有人使用。達也與深雪並肩坐下，水波將深雪前方的座位轉過來，和深雪相對而坐。

「要喝點什麼嗎？」

達也從扶手拉出點餐用的終端機，將畫面朝向深雪詢問。

「……勞煩您了，哥哥。那我要喝這個。」

因為讓達也親自點餐而覺得過意不去的深雪自行操作終端機。達也想讓水波也看得到畫面，但水波已經從自己座位取出終端機，反倒是她想讓達也看自己這邊的畫面。達也見狀便笑著用終端機點餐。水波對此似乎有些不滿，但她也點完了自己的餐點。

飲料不到一分鐘就送到了。沿著車頂移動過來的機械手臂將托盤放在三人面前。這個裝置的構造基本上和一般家庭使用的ＨＡＲ（Home Automation Robot）相同。

達也、深雪、水波依序拿起以回收為前提製造的樹脂杯，機械手臂就端起托盤回到車頂。三人喝一兩口飲料潤喉之後，便將杯子放在邊桌上。

就在杯子放下之後，有道聲音立刻從達也身後傳來。

「咦，達也同學？」

達也他們之所以放下杯子，也是因為察覺她接近。

「早安，艾莉卡。」

回應的是深雪。

「艾莉卡也搭這班子母電車啊。」

達也如此詢問來到自己前面座位的艾莉卡。

「真的好巧呢～」

艾莉卡由衷表現驚訝的樣子，點頭回應。子母電車在都市聯外軌道等距離行駛，長程移動的電動車廂會進入距離最近的子母電車。這些都由交通管制系統控制，旅客無法選擇搭乘哪一班子母電車。

不過，這其實不是那麼值得驚訝的事。既然目的地以及預定抵達時間相同，就會和相同時間與地區的子母電車班次會合，所以搭乘相同電車的機率自然會大幅增加。艾莉卡隨後搭乘達也他們搭乘的子母電車，是高度可能性之下的巧合使然。

艾莉卡也學達也等人點了飲料，在休閒椅上用力伸了一個懶腰。

「嗯~能伸直手腳果然棒呢。」

「艾莉卡覺得電動車廂很小嗎?」

電動車廂內部相較於車廂尺寸，構造上算是寬敞，但還是有一部分的人覺得小。深雪從艾莉卡的態度推測她也是這種人。

「嗯?沒那回事喔。別看我這樣，我也有做在狹窄房間裡正坐好幾個小時的鍛鍊。」

「劍術有這種鍛鍊啊?」

深雪以頗感意外的表情表示驚訝，艾莉卡隨即厭惡地板起臉。

「臭老爸是堅稱那是劍術的修行啦……」

不像女生應有的遣詞用句，使得達也與深雪轉頭相視。艾莉卡乍看不拘小節，但實際上是個全身上下都感受得到她有良好教養的少女。「笨老哥」這種程度的咒罵暫且不提，但她自己應該也不喜歡「臭老爸」這種粗話。

「不是劍術的修行嗎?」

雖然相當令人在意，不過經過眼神交流得出的結論是別再深入詢問。彼此都不希望被問到家裡的事。

因此，深雪改為詢問這個問題。聽艾莉卡的語氣，或許是「才藝」之類的訓練吧。艾莉卡看起來不適合學才藝，卻也令人感覺意外適合。

「是茶啦，茶道。」

深雪想到這裡發現自己完全猜對，反而嚇了一跳。

「將茶道和武道連結在一起的古人應該不算少。」

不過達也迅速搭腔，所以艾莉卡並沒有察覺深雪嚇到無法接話。

「是啊，我家老爸鐵定是想讓我效法吧……不過，你們不覺得既然這樣，就應該先讓繼承人學習嗎？」

「話或許是那麼說沒錯啦。」

「不過，艾莉卡，我覺得這樣有點苛刻喔。」

回過神的深雪掛著笑容插嘴。

「茶道教室的學生幾乎是女性，妳哥哥應該不方便報名吧。」

「相對的，艾莉卡學習茶道也不奇怪。」

達也補充的這句話，使艾莉卡移開目光。

「咦～是嗎～？茶道不符合我的個性吧？」

「沒那回事。深雪學茶道的教室曾邀請我旁觀兩次，我覺得那邊的氣氛很適合妳。」

「……你覺得我沒有深雪那麼適合對吧？」

艾莉卡就這麼撇著頭低語，使達也不禁失笑。她很明顯是在假裝鬧彆扭，藉以遮羞。

雷歐與幹比古在京都車站的剪票口外面等待。再怎麼巧，也沒有巧到連這兩人都搭同一班子母電車。達也等人也是先在子母電車上暫時和艾莉卡分開，再搭乘各自的電動車廂分頭抵達。

在京都站會合的六人，決定立刻前往預定下榻的飯店。不過正要前往通勤車上車處的達也察覺身後有個熟悉的氣息接近，當場停步轉身。

「達也先生、深雪小姐、水波小姐。」

「哎呀，是光宣嗎？」

正如深雪所說，小跑步接近過來的正是兩週前認識的九島家么子——九島光宣。

光宣大概也察覺達也等人發現他了吧，他呼叫三人的聲音毫不猶豫，並以笑容點綴他耀眼的美貌。

達也感覺自己右側傳來驚訝的氣息。以眼角餘光一瞥，就發現艾莉卡瞪大了雙眼，嘴巴微微張開，大概是相當驚訝吧。

「嚇我一跳。」

達也剛這麼想，當事人就出言承認。

「簡直是深雪的男生版……除了深雪，居然還有人的臉龐這麼端正，真是不敢相信。」

達也也同意她的意見，卻也覺得不應該在光宣本人面前這麼說。

「光宣，你是來接我們的嗎？記得預定是在飯店會合啊。」

「嗯，是的，但我聽說各位大概是這個時間抵達。」

幸好沒有錯過——這句率直的感想可能會變成挖苦，所以達也決定將這句話留在心裡。改為說出口的，是幫不認識的雙方介紹彼此的話語。

「你和大家是初次見面吧？」

達也說的「大家」是在他右側的朋友們。深雪在左邊，水波在後方待命。

「這位是九島家的九島光宣。」

「初次見面，我是第二高中一年級的九島光宣。」

達也介紹完，光宣也進行自我介紹。使用的頭銜不是「九島家」而是「第二高中一年級」，是希望大家別把他當成十師族的一分子，而是同樣當成魔法科高中生相處。

「我是第一高中二年級的千葉艾莉卡，請多指教。」

受到打擊也很快振作的艾莉卡率先回以自我介紹。

「我是西城雷歐赫特，一樣是第一高中二年級。」

「我是吉田幹比古，也是第一高中二年級。九島同學，請多指教。」

「我才要請各位多多指教。」

光宣聽到艾莉卡與幹比古的姓氏時眉頭微微一顫，應該是察覺了兩人分別是千葉家的劍士與吧。看來他隱藏想法的交際手腕，不像魔法技能那麼高明。

不過，也算是「稍微」像他這年齡本該有的反應吧。

「光宣，我們打算先到飯店放行李，要一起來嗎？」

「好的，請讓我同行，這樣比較可以有效利用時間。」

「也對。」

達也重新前往通勤車上車處。深雪並排在身旁，朋友們跟在後面。光宣與水波也並排跟在達也身後。

雖然還沒到飯店登記入住的時間，不過行李還是能交由櫃檯保管。這方面的服務從以前就沒有變過。

包含光宣在內的達也等七人，首先前往了舉辦論文競賽的京都新國際會議中心。戰前被稱為「京都國際會館」的這座設施，在二十年世界連續戰爭結束之後改建時，也從「國際會館」改名為「新國際會議中心」。

這裡原本就是山水環繞，充滿大自然景色的地方，改建之後也一如往昔。大型商業設施實質上是禁止建造，原本位於不遠處的小規模運動場也隨著建築物老朽而遭到拆除，成為綠意盎然的公園。

經過以去年橫濱事變為首的一連串事件，使得新國際會議中心周邊完全看不到可能成為外國破壞組織據點的老舊大樓。這裡除了和會議中心相鄰的飯店，附近完全沒有高樓大廈，頂多只有兩層樓的民宅，是多人集團難以埋伏的地區。

「……但是反過來說，卻適合讓人數少的小組四處藏身。」

「是嗎？但我覺得山區沒有深到就算野營也能藏身。」

艾莉卡質疑幹比古的意見。

「應該沒必要在山上過夜，只要當天能躲起來就好了吧？既然是這樣的話，能用的場所比比皆是。」

雷歐的反駁使得艾莉卡反覆眨眼。她察覺自己將「藏身」與「埋伏」劃上等號。

「而且也沒必要在山上紮營。」

雖然沒有幫不悅地陷入沉默的艾莉卡緩頰，不過幹比古重新如此指摘。

「如果是兩人或三人一組，也可以躲在民宅。古式術士可以對居民催眠，或是設置妨礙認知的結界，不愁沒手段避免周圍發現。」

「啊～在這種地方，古式魔法師應該很多呢。」

艾莉卡若無其事地附和，大概是覺得一直不講話就等於認輸了吧。

「要分頭在附近走走嗎？先不提催眠，但如果有結界，應該至少察覺得到異狀。」

至今保持沉默的達也，「隨口」向幹比古如此提議。

「不，這樣效率很差。」

雖然沒有特地準備劇本，但幹比古做出了達也想要的回應。

「如果只是少數人躲在民宅，結界應該也會控制在最小規模，以免外人察覺。我不是在懷疑達也或深雪同學的能力，但是除非運氣很好，否則不可能隨便亂走就找得到異狀，我覺得依賴這種巧合只是浪費時間。」

達也極為自然地點頭。

「原來如此。那我們該怎麼做？」

「我派出偵測用的式神試試看。」

幹比古如此回應達也之後，看向艾莉卡與雷歐。

「艾莉卡與雷歐可以幫我嗎？」

「要做什麼？」

雷歐如此反問，不過看他的表情就知道他早已打算幫忙。

「派出式神的時候，難免會疏於注意自己身邊，希望你們幫忙警戒周圍。」

「喔，交給我吧！」

雷歐咧嘴笑著點頭回應幹比古的回答。

「……真拿你沒辦法。好吧，我來保護你。」

艾莉卡假裝興趣缺缺，但靜靜洩漏的鬥氣卻背叛了她的聲音與表情。

「拜託了。至於達也你們這邊……」

幹比古以眼神向艾莉卡與雷歐道謝之後（兩人稍微板起臉，不曉得是覺得太「拘謹」還是「見外」），再度面向達也。

「達也、深雪同學與櫻井學妹就按照上週的決議，在市區各處看看吧。呃……」

幹比古看向站在水波身旁的光宣，露出困惑的表情。

「我會幫達也他們帶路。要是發生去年那種事，二高同樣會感到為難。」

「光宣是藤林小姐的表弟。」

去年的十月三十日，幹比古、艾莉卡與雷歐也在那個地方。得知達也是國防軍特務軍官，被迫保守這個祕密的那個地方。當時陪同前往櫻木町站前的那位美女軍官，三人都還記得她的長相與名字。

「啊，喔……」

「是喔……原來是那個人的親戚啊。」

「喔～原來有這層關係啊。」

三人以不同的反應，理解到不能追究達也與光宣的關係。

「那個人的老家在這，所以我提到要在京都市內逛逛時，她就介紹光宣為我帶路。」

達也知道三人把「找藤林商量事情」解釋成「商量軍方的任務」，又以這樣的說明擴大他們的誤解。

「這樣啊……」

幹比古差點結巴，好不容易才得以故作鎮定。

「那麼達也，就拜託你了。」

「嗯，幹比古也是。」

「吉田同學、西城同學、艾莉卡，晚點見。」

「嗯，飯店見。」

艾莉卡回應深雪之後，七人兵分二路行動。

◇◇◇

達也等人首先前往京都市東北郊外，以名剎三千院聞名的大原。不過達也沒有進入三千院參拜的計畫。因為他們來這裡不是要觀光而是工作。這裡則是最後有人目擊周公瑾的地區。

從京都市中心來看，這裡和新國際會議中心是同一個方向，所以光宣首先帶他們來到這裡，不過距離比想像中的遠，使得達也略感意外。因為京都在他心目中是更加小而美的地方。

依照他透過葉山得到的情報，周公瑾和黑羽搜索部隊的交戰處是「後鳥羽天皇大原陵」與「順德天皇大原陵」附近，但雙方似乎都沒大膽到踏入陵墓的禁區。後來周公瑾沿著陵墓與三千院之間的小溪逃往下游。

光聽這些情報會覺得位處深山，但周公瑾逃走的方向出乎意料有不少民宅林立，且不只有觀光客，當地居民也不少。拿風景對照地圖，會覺得要逃走的話不如逃到上流的「音無瀑布」，但達也想起追緝目標的特殊技能之後搖了搖頭。

能夠混淆方位的鬼門遁甲。綜合至今所得到的情報，這是讓對方誤判術士所在方向的一種幻術。乍聽之下會覺得在樹木茂密叢生的山林才能發揮本領，不過其實在人群中才能展現這個幻術真正的價值。

在無人的地方，可以用氣息偵測所在位置。

但在人群之中，會因為方向感錯亂而找不到術士。換句話說，就是非得用肉眼找出來。

來到這裡之前，達也一直推測周公瑾躲在無人接近的深山祕密小屋之類的地方。但他看過現場之後，就改變了想法。既然是從這裡往下游逃走——不是往山區，而是往村里的方向逃走，那麼周公瑾目前應該也不是躲在無人的地方，而是躲在人多的市區吧。

「從他逃走的方向來看，距離最近的傳統派據點是在鞍馬山。達也，要去看看嗎？」

光宣在律川上的小橋詢問達也。在深雪與水波的注視之下，達也搖了搖頭。

「不，回市區吧。」

「要回街上？」

光宣略感意外地反問。

「哥哥認為周公瑾躲在人多的地方？」

「嗯。」達也點頭回應深雪的詢問。

「原來如此，藏樹木最好的地方是森林，是吧？」

光宣的附和跟達也的想法不太一樣，但是無須刻意訂正。

「要說到比較有人行經的傳統派據點……那麼就是清水寺的參道、金閣寺附近，以及天龍寺後方吧。」

「意外地少呢。」

達也之前聽光宣說傳統派的據點分散在奈良與京都，不過幹比古則說京都是傳統派的大本營。加上又有其他各式各樣的情報，使得達也先入為主地認為京都市內到處都是傳統派。

「因為京都繼承真正傳統的宗派勢力比奈良還要強，所以有名無實的新興派系都被趕進周邊山區了。」

「『傳統派』這個名稱，難道是象徵他們對於真正傳統的自卑感？」

達也說出的壞心感想，使水波露出傻眼表情。她當然沒讓深雪看見自己的表情。水波覺得主人不會因為這樣就動怒，但也認為應該避免無謂的摩擦。

——不過，深雪與達也本人其實都察覺了。

另一方面，光宣則和水波不同，將達也輕聲說出的疑問當成字面上的意思來解釋。

「不知道。如你所知，傳統派以曾加入第九研的古式魔法師為核心組成。他們的目的想必是報復第九研以及『九』的各個家系。」

雖說是報復，但傳統派的怨恨根本只能說是場誤會。他們一直以為加入第九研提供自己的祕術，第九研就會提供他們改良、發展之後的新魔法。

第九研標榜「現代魔法與古式魔法的融合」，不過意思是「研發」出吸收古式魔法術理與術法的「現代魔法師」。這不是什麼祕密。向古式魔法師尋求協助的時候，他們所交付的第九研說明書在「設立目的」的欄位也是這麼寫的。報酬也只有金錢、設施以及社會地位，完全沒有允諾要提供新魔法。

「以祕術為代價得到新的祕術」只是他們的「狹隘常識」，將這種事視為理所當然甚至可以說是幼稚。

「既然是這樣，那為什麼他們要離開發祥地兼目標地的奈良，分散到京都各處呢……我無法理解。」

「是嗎？先不提他們命名為『傳統派』的動機，但我知道他們離開奈良的理由。」

「咦？」

達也很乾脆地如此回應，使光宣睜大雙眼。

「光宣，你曾經告訴我，傳統派並非團結一致的組織。」

「啊……嗯，我確實說過。」

「既然這樣，各派系面對前第九研的態度應該也各有不同吧？對於『九』的各家系抱持強烈憎恨的一派留在奈良，而這三十多年來，他們一直在等待機會。」

「真愚昧……要是將這份熱情用在更具建設性的地方，或許能對國家或學問有所貢獻。」

「唉，別這麼說。」

深雪盡顯厭惡感地低語之後，達也便以梳理般的動作輕撫她的頭髮。

「在任何時候、任何狀況都能夠一直積極地走下去的人只是少數吧？至少就我們身邊來說是如此。」

達也現在想到的是自己的父親，以及父親的現任妻子。

「……說得也是。」

點頭回應的深雪笑容有些消沉，一定是因為她和達也聯想到相同的人。

達也撫摸深雪頭髮的動作變得有些粗暴。

深雪微微鼓起臉頰仰望達也，但她的雙眼卻帶著喜悅。

達也也笑著放開深雪的頭髮。

「不過，留在奈良的那些成員雖然目的很消極，行動卻仍堪稱積極。」

深雪露出不解的表情。

達也當然不打算為這種事情賣關子。

「我覺得，將據點轉移到京都的派系，表面上是在對抗前第九研，但其實很害怕前第九研與『九』的各家系。」

「害怕？不過無論是九島、九鬼或九頭見，應該都沒有對曾經協助研究的古式魔法師進行威嚇，或是真的發動攻擊……」

光宣沒什麼自信地反駁。這是他出生前的往事，也是不方便直接詢問的事。這些知識都是他間接聽來的，所以才會令他顯現這種態度。

「我也這麼認為。『九』的魔法師也是接受實驗的一方，當然不覺得自己是古式魔法師手下的受害者，也不覺得自己是加害者吧。彼此都是在第九研成為白老鼠的同類，一定沒有敵意。」

光宣不安地閃爍的眼神恢復了鎮靜。達也的意見也只不過是推測，但光宣大概是因為達也同意他的發言，而感到安心吧。

「我覺得傳統派古式魔法師害怕自己的影子，也是原因之一。第九研是政府經營的，所以照道理來說，因被利用所產生的憎恨應該朝政府發洩。不過傳統派卻將同樣是白老鼠的『九』各家系認定是敵人。他們應該也知道自己的矛頭指錯對象了才對。」

達也至此停下話語，擺出思索的姿勢——但不是真的明顯擺出羅丹雕刻作品那樣的姿勢，只是以沒聚焦的視線看向空無一物的地方。

「是因為不想背負叛徒的汙名？還是單純沒膽子和政府敵對……無論如何，我猜他們其實早就知道自己對於『九』各家系的憎恨不講理，所以也害怕自己可能受到不講理的暴力。第九研創造的魔法師具備何種實力，他們應該親眼見識過。而且『九』的魔法師也沒道理甘於當砲灰。傳統派要是發動攻擊，當然會遭受反擊，還是被他們協助創造出來的『九』之魔法反擊。」

達也不知道是覺得哪裡好笑，露出壞心的笑容。

「又或者是已經無法收手了。說不定剛開始只是各流派的領袖要安撫不滿的激進年輕術士，才使用這種權宜之計，不過反叛的旗幟一舉就收不回來，使得必須繼續展現強勢態度的一派就留在第九研附近，其他派系則是前往京都——這也是一種可能。或許據點依照宗派而不同也只是幌子，只要立場不同，就可以隨便改掛別家的招牌。傳統派並不忠於『真正的傳統』，對吧？」

最後這個問題是在問光宣。

「這個嘛……實際上，加入第九研的古式魔法師之中，似乎也有術士隸屬複數宗派。」

光宣點頭回應達也的推測。

「真的有辦法只因為這種無聊的理由，就持續這種近乎惡整的舉動好幾十年嗎？」

深雪詢問達也。她的表情與其說是難以置信，更像是不願接受這個事實。

「就是因為只做近乎惡整的無聊行徑，才能持續到現在吧。」

如果採取決定性的敵對行動，肯定早就被消滅了——這是達也的言外之意。

深雪認同了達也的說法。

但水波卻對達也的回答感到疑惑。

「可是，達也哥哥……」

在光宣面前或許無須掩飾，但是為了以防萬一，水波還是使用在外時的稱呼方式。

「我也覺得達也哥哥的假設可能性很高，可是……」

以水波的立場來說，她這時候會猶豫也是在所難免。但水波受到了某種義務感驅使，並沒有支支吾吾。

「如果這是事實，京都的傳統派會藏匿為日本帶來各種災難的外國魔法師嗎？」

光宣認為這個指摘很犀利。

不過，達也的回答中毫無遲疑。

「雖然這只是我的想像，不過他們實際上應該也想拒絕吧。可能是傳統派和周公瑾的交情太深，才沒辦法收手。」

「意思是有某個不能斷絕往來的理由嗎？」

「我想這部分應該是光宣比較清楚，總之周公瑾一直提供逃亡的方術士給傳統派。表面上是傳統派救了周公瑾，實際卻是周公瑾一直協助傳統派強化戰力。」

達也看向光宣，光宣也點頭回應。

「前陣子在奈良公園找到的刺客之中也包含大陸出身的方術士，可以從中推測逃亡方術士在傳統派占了一定的勢力。至少從組織的立場而言，傳統派無法承受他們內鬨或叛離。」

水波默默向達也行禮致意。這是疑問得到解答的表現。

達也微微點頭回應，然後看向光宣。

「大幅離題了，總之我想調查市區據點。符合的是清水寺、金閣寺與天龍寺三處吧？」

「嗯，是的。」

達也不是取出情報終端裝置，而是在腦中想像地圖。

「金閣寺與天龍寺在同一個方向，清水寺是另一條路嗎……」

「看來無論如何，還是先和吉田同學他們會合比較好。」

深雪看著自己的情報終端裝置提議。

確實，如果從這裡出發，無論是走金閣寺到天龍寺的路線，或是先去清水寺，都會經過新國際會議中心附近。

但是達也搖了搖頭。

「刻意會合太浪費時間了。即使託光宣的福得以減少搜索地點，我們也只有四個人。而且我對於周公瑾躲在京都市內的猜測，也可能是錯的。」

說到底，光憑四個人要找出藏身的對手，人數實在太少了。這是毋庸置疑的事實。名偵探是因為凶手主動來到面前，才能夠獨力破案，但要找出藏身的嫌犯就必須有足夠的人手，或是代替人手的設備。

不過很遺憾，達也與深雪習得的魔法，無法成為廣域監視器的代替品。何況如果光靠監視器就能找出周公瑾，肯定打從一開始就沒有達也出手的餘地。

「知道了。那麼，要去哪裡呢？」

達也大概是早已做好決定了，立刻回答深雪這個問題。

「去清水寺。之後再依序去金閣寺、天龍寺看看。」

◇　◇　◇

幹比古和達也分開之後，就依照上週所討論出來的計畫，一邊高調地使用探索術式，一邊在新國際會議中心附近走動。會議中心以讓外國人逗留為前提，所以不只設有飯店，附近還設置了遼闊的綠色公園。面積不到湖泊程度的大水池「寶池」就在旁邊，水池周圍還環繞著綠意盎然的小山。

艾莉卡與雷歐一邊閒聊一邊跟在幹比古身後，保護無法注意周遭的幹比古。

幾乎在達也決定下一個目的地是清水寺的同時，三人從寶池另一頭觀察論文競賽會場，狀況也在此出現變化。

後方小山飄來一股刻意壓抑的氣息。幹比古首先察覺，艾莉卡與雷歐也隨後察覺。

「似乎來了。」

艾莉卡跑到幹比古左側，然後在傾斜遮陽傘之後從下方探頭看向他——她以像是情侶調情的甜蜜動作低語，作為障眼法。

「來自山上嗎？」

雷歐探頭介入艾莉卡與幹比古之間，同樣低聲細語。不知該說雷歐很配合，還是很識相，他的演技挺逼真的。

「氣息只從山上傳來，但是不保證敵人只會從那裡出現。襲擊而來的也可能不只是人類，要小心。」

很可惜，幹比古演技沒他們兩人那麼好，但他還是不悅地板起臉轉身提醒雷歐。

「那些小鬼居然這麼光明正大地上演三角關係。」

「看起來只像是玩戀愛遊戲玩昏頭的學生，有必要冒險除掉嗎？」

躲在樹幹後方俯視幹比古等人的九名男性，正在進行這樣的對話。

他們很正常地出聲交談。雖然聲音小到只能勉強聽到，不過他們並未使用不發出聲音就能交談的術式，或是以攝影機辨識嘴唇動作，再轉換成聲音傳送到骨傳導耳機的通訊機。原因在於這兩種做法有被竊聽的風險，且即使交談內容沒被竊聽，魔法波動或電波被他人偵測到的危險性也很高。

明明如此謹慎，卻進行這種悠哉的對話，不只是因為艾莉卡與雷歐演技好，也是因為兩人散發的氣息和在鬧區來往的少年少女一樣和平。

不過，當然也有人保持警戒。

「你們都有看到那個少年從剛才開始就頻頻派出式神吧？雖說是孩子，但他也是那個吉田家的直系，不能置之不理。」

這是警告同伴別大意的話語。

「但我聽說吉田家的二兒子失去力量了啊。」

有人對此提出疑問。推測是這個集團領導人的壯年男性以更嚴厲的語氣訓誡：「那個情報過時了。吉田幹比古已經恢復實力，據說比繼承家系的長子還強。還是繃緊神經上吧。要確實地讓他沉睡。只要沒出人命，讓他受點傷也無妨。」

遭到斥責的男性絕對不是接受了隊長的說法，卻沒有多說什麼，從懷裡取出能收進手心的小卷軸。

包含隊長在內的另外七人也照做。在他們最後方待命的白髮道士沒做任何動作，只是默默地看著他們。

「喝！」

對敵方第一波攻勢做出反擊的是艾莉卡。她朝著從身後進逼的氣息用力揮動陽傘。脫離傘柄的傘面在半空中撞上蒼白的鬼火，燃燒了起來。艾莉卡用偽裝成傘柄的武器打落沒被傘面妨礙，從上空灑向三人的鬼火。

接連來襲的第二波與第三波鬼火，艾莉卡同樣以這根銀色細手杖——也可以形容為銀鞭，而不是鐵鞭或金鞭的這把武裝演算裝置迎擊。

這是達也為了本次的京都偵查，緊急找ＦＬＴ開發第三課製作，並借給艾莉卡使用的武裝一體型ＣＡＤ。儲存的啟動式是重視速度勝於重量的慣性控制，以及加速術式。由於不只是身體，連武器也會一起加速，所以要是手臂過度使力，就有可能會因為跟不上銀鞭的動作而傷到骨頭或肌腱，不過艾莉卡打從一開始就將這把凶惡的武器用得相當得心應手了。

鬼火之雨停止了，不過敵方的襲擊不可能就此結束。

這次射來的是令紅色和黃色樹葉捲起的風之刃。艾莉卡剛才打落了沒有實體的鬼火，但她是否有辦法迎擊無色又無形的風？

艾莉卡嘴唇勾勒出無懼一切的笑容，不過後方卻傳來「交給我！」這個充滿自信的聲音，因此她又恢復為單手握武器的中段架式。

代替艾莉卡挑戰風刃的是幹比古。

他從金屬符咒串成的術式輔助扇中，選擇和敵人一樣的風刃魔法。

空中迸出數個小小的火花。即使較晚發動，幹比古的風依然把敵方的風刃全數架開。

艾莉卡與幹比古的注意力移向來自天空的下一波攻勢。

落在他們身後地面的樹影化為人型。

黑影緩緩起身。

從幹比古身後默默接近的影子別說氣息，甚至沒有讓空氣產生波動。

「喝啊！」

雷歐朝著黑影咆哮。他的拳頭低聲響起，揮向身穿黑色毛衣的男性。

這名男性中了雷歐這一拳，同時主動向後跳，以減輕拳頭威力。他一個後空翻就逃到了攻擊間距之外。

「這些傢伙是忍者嗎？」

以為是黑色的毛衣，仔細一看，才發現其實是深綠色。窄管褲也是相同顏色。這服裝和傳統忍者服裝完全不同，是現代人的普通裝扮。但是用不著看他右手的苦無，也用不著看他左手的卷軸，就能知道這個人影是忍者。

人影增加為三人，接著又變為五人。雷歐看不出他們從哪裡現身。

「嘿嘿，真有趣。」

不過這種事無損雷歐的鬥志。他沒有刻意挑戰強敵的壞習慣，但他不會因為對方越強就越退縮，而是越熱血沸騰。

或許是被「製造」為生物兵器的爺爺遺傳的基因使然。雷歐自己也這麼想過。

不過，他每次這麼想時，都會在內心如此放話。

——那又如何？

比起開戰前就覺得會輸，這樣好太多了。要是內心完全受挫，甚至連逃都逃不了。這是雷歐的信念。

內心完全受挫就代表放棄生命。會逃是因為覺得逃得掉，因為沒放棄逃走。面對齜牙咧嘴的猛虎時，人們能夠抱持想逃的意志逃跑嗎？應該只是放空腦袋胡亂逃跑，或是放棄活下去，直接佇立在原地吧？

——我可不想死得那麼難看。我要戰鬥，要活下來。

身穿毛衣的忍者們緩緩拉開和雷歐的間距。不知道是刻意，還是下意識地遠離雷歐。

雷歐的側邊傳來哀號。

以手臂擋下艾莉卡銀鞭的忍者，按著骨折的手臂蹲了下去。忍者的位置距離艾莉卡很遠，是由兩個因素重合而成的結果。其一是因為忍者縱身一躍，試圖逃離艾莉卡的攻擊間距；其二是艾莉卡提防其他忍者的攻擊，而沒有進行追擊。

「雷歐，心要火熱，意識要冷靜！你可不是獨力作戰。」

雷歐聽到艾莉卡這麼說，才察覺自己差點被敵人從側邊暗算。

「抱歉，感謝相助。」

風刃迸出火花交鋒的聲音傳入雷歐耳中。

「我也要向幹比古道歉。我明明是護衛，卻被你保護了。」

「你也保護我不被和影子同化的敵人偷襲啊。彼此彼此。」

「ＯＫ，就當成是這麼一回事吧。」

雷歐從口袋取出拳套，戴在雙手上。不過這看起來只像是樹脂製的玩具，就算被警察看見，大概也會被當成造型配件了事。

前提是它一直維持這個模樣。

啟動式纏附在雷歐的左手腕，然後被吸入ＣＡＤ當中。

那不是平常的語音輸入式ＣＡＤ。

是德國ＣＡＤ廠商羅瑟魔工所的最新作品——完全思考操作特化型ＣＡＤ的啟動式輸出程序。雷歐從某個管道取得這個ＣＡＤ——應該說是當成賠罪禮收下，最近才終於用得順手。

這次視察之旅的條件是避免過度引人注目。

艾莉卡將武裝演算裝置偽裝為陽傘也是這個原因。

如果是以往的ＣＡＤ，怎麼看都給人「已完成戰鬥準備」的印象，所以雷歐在這次的旅行是帶這個ＣＡＤ過來。

啟動式的展開速度取決於硬體，魔法式的構築效率取決於軟體。最新型ＣＡＤ的處理速度要填補意念操作造成的時間延遲綽綽有餘，而由達也親手進行最佳化的啟動式所建構的魔法式，也產生出完全符合術士意圖的效果。

合成樹脂的拳套得到超硬合金的強度。

啟動式連續輸出。

這次是讓平凡的長袖襯衫與牛仔褲搖身一變，成為性能絕佳的防彈耐刃服。

「好啦，那麼，重新來過吧。」

雷歐讓雙拳互擊，發出堅固的聲響。

「側面的敵人交給我。」

艾莉卡輕輕揮動銀色的武裝演算裝置，擺出架式。

「援護交給我吧！」

幹比古將術具打開為扇形。

「接招！喝！」

雷歐咆哮著往前衝。

敵方的忍術師當然不是束手等待。

雷歐行進的路線上樹葉揚起，遮蔽他的視野。不用說，這當然不是自然現象，是以魔法操作氣流捲起落葉。

樹葉本身沒有殺傷力。但雷歐沒停下腳步，而是舉起手臂保護臉部。手臂、胸口與大腿遭受輕微的衝擊。是敵人射出的苦無。

雖然速度快到不像是用手投擲，卻沒能貫穿雷歐的硬化魔法。

突然捲起一陣強風。

風來自雷歐身後。

幹比古的魔法讓視野恢復清晰。

站在正前方的忍術師口含卷軸，以因射出苦無而空下來的雙手結印。

面前的敵人不是傳說中的忍者，是具備真實形體與實力的古式魔法師。雷歐當然知道這點，不過看到對方擺出符合一般印象的姿勢，反而令他亂了陣腳。

雖然衝刺速度沒變慢，但雷歐的注意力也產生了瞬間的紊亂。

忍術師的胸口膨脹，然後一口氣萎縮。

接著便響起尖銳的聲音，使雷歐感到頭昏眼花。

忍術師口含的是看似卷軸的笛子。而且應該不是普通的笛子，而是施展以聲音為媒介，干涉對方知覺器官魔法的術具。忍術師抽出大型戰鬥刀。不是日本刀而是戰鬥刀，可能是「忍者」也無法無視時代吧。

他大概是對自己的術法很有自信，襲擊雷歐的動作中沒有任何躊躇。

這個男性的失算，在於雷歐的肉體規格遠遠優於常人。以一般的魔法評價基準來看，雷歐的魔法天分不高，但是相對的，他在身體能力方面卻具備超群的天分。即使平衡感被擾亂，雷歐也能以其他知覺彌補，繼續控制身體動作。

雷歐以右手毆打敵人刺出的戰鬥刀。拳套精準打中刀尖，這股衝擊震落了忍術師的刀。角度朝下的左勾拳。

雷歐的拳頭打碎了忍術師的下顎。

「慘了！」

不由得說出的這兩個字，是他對於力道拿捏錯誤的後悔顯現。這是他天真的一面，也是容易造成破綻的缺點，但雷歐轉換心情的速度也快到足以彌補這個缺失。

倒地的男性後方出現下一個敵人。這個男性朝雷歐張嘴。

雷歐連忙放低身子。

男性口中噴出火。

從雷歐頭上通過的火焰，在半空中轉向襲擊術士。

男性臉部被焚燒，在翻個觔斗之後倒地。火焰掉頭是幹比古的魔法使然。

雷歐身後的幹比古為自己造成的這幅淒慘光景蹙眉。但幹比古仍毫不猶豫地構築下一個術法，準備進行下一個攻擊。

艾莉卡則如她自己所說，正在和想要夾擊雷歐的另一個忍術師對峙。這把細長的武器威力不如平常使用的刀，卻相對在速度上占優勢。艾莉卡以犀利的攻擊打掉忍術師的刀，但下一瞬間，忍術師的身體卻一分為二。

「分身？」

艾莉卡驚叫出聲。對此，一分為二的忍術師以相同動作架好苦無，相同的兩張臉在瞬間露出得意表情。

不過，這張表情立刻變為驚愕。

其中一個分身消失，使男性變回孤身一人。從忍術師的表情來看就知道，這並不是他刻意使然。是幹比古的精靈魔法破解了忍術。

艾莉卡不可能放過這個破綻。

空中四度出現銀色的軌跡。

四肢被完全打斷，因而摔在地面的忍術師，又挨了一道偏弱的雷擊。

電光打在所有襲擊者身上。

已經失去戰鬥力的八個忍術師，被幹比古的雷擊魔法剝奪了意識。

幹比古呼出一大口氣。

「這樣就結束了嗎？」

雷歐環視四周這麼問。

一直保持警戒的艾莉卡放下武器。

「目前感覺不到有增援的氣息。」

她這番話讓雷歐也鬆了口氣。

「不過，居然是忍者啊……」

雷歐不禁失笑。他知道「忍者」真實存在，卻沒想到自己會和忍者交手。

「是忍術師才對。這也沒什麼好奇怪的吧？畢竟這邊盛行古式魔法。」

不過，艾莉卡沒跟著雷歐一起笑，而是冷漠回應。

「沒錯。不遠處就是伊賀、甲賀等忍術的發源地，鞍馬山應該也有忍術師為中心組成的古式魔法師派系據點。這些人大概是那邊的術士吧。」

幹比古也贊同艾莉卡的意見。

「唔～是這樣嗎？真有趣呢。和你們在一起真的不會無聊。」

但雷歐不會因為這種事就壞了心情，反而笑得更開心。

「慢著，別把事情怪罪到我們身上好嗎？被捲入事件是託達也同學的福吧？」

不是「達也同學的錯」，而是「託達也同學的福」。雖然語句修飾過，但艾莉卡的真正想法明顯和雷歐一樣。

「一點也沒錯。」

雷歐苦笑著點頭。往旁邊一看，就發現幹比古也面帶苦笑。

「話說回來，這些傢伙要怎麼處理？交給警察嗎？」

艾莉卡對於報警毫不猶豫。這並不是因為她在警界有門路的關係，而是她毫不懷疑自己行為的正當性。

「警察啊……」

相對的，雷歐似乎有點怕警察，但他並沒有反對艾莉卡的意見。

「那樣比較妥當吧……」

幹比古也點頭同意艾莉卡的提議，以沒拿著輔助演算裝置的手取出情報終端裝置。看來他打算主動接下報警的工作。

不過，他的手指在準備開啟語音通話功能的時候停下了。

他將情報終端裝置塞回口袋，應該是下意識的動作。

幹比古架起了扇形演算裝置，以警戒的神情盯著樹林。他的手中飛出想子塊。他放出了偵測用的式神。

「是敵人嗎？」

幹比古無暇回答雷歐的問題。

「快看！」

幹比古察覺術法發動的同時，艾莉卡也如此大喊。

艾莉卡的視線朝向水池。

雷歐與幹比古也看見了。

看見由水形成的四隻小怪物竄出水池。

「是合成體嗎？」

雷歐大喊。

「不對！是以水為製作材料的傀儡式鬼，是一種哥雷姆！他們擁有實體！」

幹比古大喊回應，並且目不轉睛地凝視怪物們。

「居然是軨軨、合窳、長右，以及夫諸？」

幹比古以無比驚訝的語氣低語。

身體有虎紋，形體如牛的動物——軨軨。

有一張人臉的山豬——合窳。

有四條手臂的長臂猿——長右。

有四根角的鹿——夫諸。

這些統統都是傳說中曾經引發洪水的大陸怪物——的縮小版。很明顯是大陸古式魔法師施放的術法。

「這些傢伙是什麼東西啊！」

「是敵人的魔法！除了這點以外，其他事情一點也不重要啦！」

艾莉卡以大喊朝雷歐回應後，便朝著落地地點離她最近的傀儡式鬼「長右」揮出銀鞭。

這不是她手上武器打得中的距離。

命中敵人的是輕薄鋒利的想子之刃。

艾莉卡的無系統魔法斬開了組成哥雷姆的術式。以水為材料成形的仿造怪物回歸清水，飛濺四處。

但是，無暇安心。

因為怪物不只這四隻。

軨軨、合窳、長右與夫諸接連從池中上岸。噁心的外表暫且不提，但室內犬體積的怪物並不會讓人感受到威脅。不過即使是小型犬，聚集了這麼多隻，也就另當別論了。何況對方是魔法的產物，不曉得暗藏著怎樣的能力。

「不妙，先逃離……咦？」

艾莉卡想提議逃離現場，但話還沒說完就語塞了。

縮小版怪物不是衝向他們，而是聚集在倒地的忍術師那邊。

「……它們不是敵人嗎？」

感到極度意外而忘記行動的不只是艾莉卡。先不提沒有遠距離攻擊方式的雷歐，連幹比古都忘記破解術法，入神地看著這幅光景。

「——！」

凝視著事態演變的三人同時倒抽一口氣。

藉由水暫時得到身體的縮小版怪物們，就這麼活生生地鯨吞蠶食因麻痺而無法動彈的忍術師身體。

「開什麼玩笑！」

猛然回神的艾莉卡揮動銀鞭，射出無系統魔法之刃。

聽到她的聲音前一直呆站原地的幹比古，則施展了降魔術法「迦樓羅炎」。

想子之刃撕裂傀儡式鬼，概念之火焚燒塑造怪物的術式。

異形野獸們回歸為水。

雷歐謹慎走向痛苦呻吟的忍術師們。硬化魔法當然已經發動了，但是臉部與脖子沒有衣物防護，難免會提心吊膽。

「唔呃……」

他屈身將臉湊過去一看，最先發出的是這個聲音。

「被咬得好慘……不過好像沒見骨。」

雷歐挺直腰，轉身面向艾莉卡與幹比古。

「而且全都還活著。」

看來他們即使身體麻痺，還是保護了喉頭跟眼睛等要害。幹比古聽完露出放心表情。

不過，艾莉卡的表情依然嚴肅。

「不對勁。」

「怎麼了？」

她非比尋常的模樣，使得幹比古也恢復緊張。

「為什麼水沒滲入地面？」

這裡的地面沒鋪柏油。塑造哥雷姆的水，一般來說應該會滲入土壤。

然而現在，混著鮮血的水卻流入水池。

「唔喔！」

雷歐反射性地往後跳。沒有助跑、預備動作或使用術式就跳了將近四公尺遠的跳躍力值得驚訝，但艾莉卡與幹比古的注目焦點並不在他的跳躍上。

他們察覺水的不自然動作之後，流向水池的水就突然加速。雷歐跳開的原因，就在於流向他腳邊的血水。

「究竟是怎麼回事……」

「是敵人的魔法！」

幹比古對艾莉卡這句細語的回答，也同時是在提醒她提高警覺。

不過，或許根本沒這個必要。因為艾莉卡與雷歐都清楚看見了異狀。

池水捲起漩渦。

一開始很緩慢，然後立刻加速。

接著，發出轟聲旋轉的漩渦中心，就出現了一隻以泥水形成，抬起頭的異形大蛇。

「居然是相柳？」

那是擁有九張人臉的巨蛇。是洪水惡神「共工」的臣下，大陸屈指可數的大妖怪。相傳相柳出現的土地會成為水源腐敗，五穀難植的沼地——

「快躲開！」

幹比古看到九張人臉張開嘴，立刻朝艾莉卡與雷歐大喊。

同時也設下風之護壁。

九張嘴接連噴出細長汙濁的水流。

三人各自躲開濁流的攻擊。

在地面反彈的水花，則被三人周圍捲動的風之護壁吹走。

不過，失去行動能力的忍術師們沒能閃躲餘波。

倒在地上的男性們，發出比被縮小版怪物啃咬時更痛苦的哀號。

他們的身體被仿造相柳的傀儡式鬼吐出的濁水濺到，開始冒泡溶解。

「是強酸嗎？」

「不對，是腐蝕的咒法！」

幹比古否定艾莉卡的猜測。

「小心！那種液體和強酸不一樣，不只是被濺到的地方會被溶解！」

看忍術師身上溶解所致的傷口持續擴大就知道，幹比古的警告沒有質疑的餘地。

「唔，術士在哪裡！」

既然操作著這麼大規模的哥雷姆，術士應該也會在這附近。

不對，幹比古已大致知道術士位置。剛才從樹林洩漏出來的術式氣息，肯定來自操縱這隻怪物的魔法師。不過剛才放出的式神還沒傳來訊號。對方可能功力非常深厚，或是使用了特殊的裝備，例如連魔法師的方向感都會因其錯亂的鬼門遁甲咒法具。

即使以艾莉卡與雷歐的運動細胞，也只能顧著躲避九張嘴持續射出的詛咒水流。幹比古也光是躲避攻擊和架設護壁就沒有做其他事的餘力，無暇放出新的式神。

「艾莉卡、雷歐，我們先撤離吧！」

「我贊成這個意見，可是……！」

「到底要怎麼逃走？」

艾莉卡的反問，使得幹比古咬緊牙關。

他有方法。仿造傳承怪物的傀儡，會藉由傳承增強能力。因此只要使用的術式是借用傳承中更高階的個體象徵，就可以消除傀儡經由傳承增強的能力，也可能破解維持傀儡形體的魔法。即使沒破解，接下來也是術士之間的實力對決了。

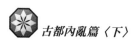

相柳雖然是邪神的眷屬，卻是屬於水系。如果是連結水的最高階神靈「龍神」所使用的術法的話……

（我做得到嗎？）

幹比古覺得，如果是現在就做得到。

然而，內心的猶豫卻沒有消失。

因為這個術法就是昔日讓幹比古陷入低潮，誤以為自己「失去力量」的原因。

——最後，幹比古沒能做出這個決定。沒必要做決定了。

在三人注視之下，相柳九個頭之中位於正中央的人臉深處，出現強烈的想子光。

那是經由情報體次元投射的魔法式。不是順著彈道命中，而是藉由定義座標突然出現在該處的想子情報體。

九頭人面蛇身的巨大身軀爆炸了。

「創造出傀儡式鬼怪物」的結果被消除，使得「形成傀儡的魔法」這個原因也瓦解了。

飛濺的水花已不含詛咒，回復為普通的池水。忍術師身上的腐蝕現象也停止了。

「沒事吧？」

三人並不需要苦思「究竟發生了什麼事？」這個問題。因為答案已主動出現在他們面前如此詢問。

暗紅色外套、黑色直筒褲加黑色靴子，令人聯想到第三高中的制服。右手握著紅色的手槍造型特化型ＣＡＤ，年齡和三人相近的少年。三人當然認識這個瀟灑的身影。

「一条將輝……」

雷歐輕聲說出他的名字。

第三高中王牌，十師族一条家的長子就站在三人面前。

將輝提防周圍可能有伏兵，偵測著周圍的氣息（使用魔法的徵兆）好一陣子，判斷沒有其他敵人藏身之後，才放鬆警戒。

眼前有八個身負重傷倒地的人。將輝也考量到了他們可能不是受害者，而是遭到反擊的襲擊者，不過他看這些人沒有可疑的舉動，就將注意力朝向幹比古他們，想確認詳情。

「嗯？你們是一高的……」

將輝也記得去年在祕碑解碼交戰過的雷歐與幹比古。

「我是吉田幹比古。一条同學，謝謝你出手相助。」

但他似乎不記得名字。幹比古自我介紹之後，將輝明顯露出鬆一口氣的表情。

「不，別客氣。因為我身為十師族，不能放任有人在市內使用那種惡質魔法，所以你不需要在意。」

「但你還是幫了大忙，剛才我們挺危險的。」

「啊，沒有啦……話說回來，那個究竟是什麼東西？」

突然轉換話題大概是要遮羞吧。如果是這樣，那麼將輝應該和達也不同，具備了少年應有的羞澀個性——不過用來比較的對象或許不適當。

「那是以血為祭品，水為材料，參考傳承中的怪物製造的傀儡式鬼。是種哥雷姆。」

「是古式魔法嗎？」

「是大陸一種被稱為『方術士』的魔法師使用的術式。」

艾莉卡以不悅的語氣介入將輝與幹比古的問答。

「兩位，魔法課可以之後再開嗎？畢竟那個方術士或許還躲在這附近。」

將輝一臉驚覺不對的表情，迅速環視四周。看來他忘了這個可能性。

不過，幹比古搖頭回應艾莉卡這番話。

「不，不需要擔心這件事。」

「你為什麼說得出這種話啊！」

幹比古數度想開口回應，不過卻再度搖了搖頭。

「……事實勝於雄辯，我們去看看吧。」

「聽你的說法，難道那個方術士被癱瘓了？」

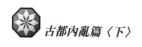

幹比古不以話語回答雷歐的問題，而是點頭回應。

「你知道對方位置？」

將輝不禁插嘴詢問。

「一条同學也要來嗎？」

反被幹比古這麼問的將輝，這次點了點頭。

四人踩著稀疏的草地，沿著樹林斜坡往上爬。對於他們來說，這條路稱不上難走。都還沒有人流半滴汗，就已發現他們要找的方術士。

「果然。雖然早就知道，但看到還是不太舒服。」

方術士頭下腳上地趴在斜坡上。

「死了嗎……？」

將輝輕聲說完，雷歐就毫不畏懼地蹲到白髮方術士的頭部旁邊，按住他的脖子。

「……沒脈搏，看來是死了。」

雷歐面無表情地以平淡語調告知。屍體當前，他也不能笑著回報這個事實，這應該已算是他顧及這種場面的最嚴謹態度了。

不過，他的嚴肅模樣也在翻過屍體的瞬間瓦解。

艾莉卡發出了強忍哀號的聲音。即使有她這樣的膽量，方術士壯烈的死相仍令她免不了受到震撼。

「……這是術法被破解的反作用力。操作傀儡的古式魔法在發動之後，術式主體依然和術士的精神相連。」

「喔，和現代魔法差真多呢。現代魔法發動後，魔法師都會切離魔法式，以免引起『情報』的逆流。」

幹比古說完之後，將輝不禁插嘴。但他隨即察覺幹比古這番說明背後的含意，下意識地板起臉來。

「也就是說，是因為我將那個怪物連同術式一起破壞，使得這傢伙的精神也連帶受到傷害，進而發瘋致死嗎……」

「這不是一条同學的錯。使用那種魔法的術士原本就必須理解這個風險。尤其他操縱的是那麼巨大的傀儡式鬼，反作用力當然也很強。雖然這麼說很冷酷，不過這術士是自作自受。」

「這樣啊……」

將輝也不是第一次害死人——也就是殺人。他至今會奪走別人的性命，都是因為處於非得這麼做的狀況，而且他也認為這次以「爆裂」除掉那個水之怪物是正確的判斷。

即使如此，這個老人的死相依然壯烈到令他無法完全看開。

「……抱歉，吉田，讓你費心了。」

「別介意，受到協助的是我們。」

將輝勉強擠出笑容，幹比古也掛著笑容搖手回應。

「一条同學，警方那邊就由我們說明吧。」

幹比古這句話帶有「所以你可以離開了」的意思，但將輝並未同意。

「不，我也陪同吧。不提這個，這位小姐，呃……」

「我叫作千葉艾莉卡。你沒必要顧慮我，這種事我習慣了。」

這番話令將輝瞠目結舌。但他大概是覺得這種反應反而失禮，又立刻回過神來。

「這樣啊。難道妳是千葉家的人？」

「我是『第一高中二年級』的千葉艾莉卡。」

艾莉卡以刻薄語氣回應，使將輝略顯驚訝。除了妹妹，他幾乎沒被年齡相仿的少女如此粗魯對待過。

「恕我失禮。我是第三高中二年級的一条將輝。」

他想到自己還沒進行自我介紹，便藏起尷尬心情報出姓名。

「你客氣了。我是第一高中二年級的西城雷歐赫特。」

雷歐以這種趕走尷尬氣氛的開朗語氣（恐怕是刻意的），向將輝回以自我介紹。

「一条，你應該也有帶朋友來吧？你不用顧慮我們，這邊就由我們處理吧。」

「別在意，我是一個人來京都的。我是為了下週的論文競賽先來市內巡視，以免發生去年那種事。所以，我時間上很方便。」

「是喔。其實我們也一樣。你住在……啊，在繼續聊下去之前，得先報警呢。」

如此說著的雷歐身邊傳來說話聲。

「啊，喂，我是國立魔法大學附設第一高中的二年級學生，叫作千葉艾莉卡。請幫我轉接魔法犯罪對策課……是的，我們遭受魔法襲擊……地點在……」

雷歐與將輝互相對視並露出苦笑。

◇　◇　◇

幹比古等人在京都新國際會議中心對岸的寶池池畔爆發激戰，並受到將輝的協助而結束時，達也一行人來到了清水寺的參拜道路。

達也首先選擇造訪清水寺，並沒有什麼深刻的意義。真要說的話，是因為他覺得在三座寺院之中，這裡最可能有「某些東西」。

最初的「征夷大將軍」坂上田村麻呂與其創建有關，並留下以魔法協助平定東國的軼聞，且此處也是以相當靈驗而聞名的修行處。宗派是北法相宗，不過在歷史上也和密教有關。達也塞進腦中的京都知識是這麼說的。

此外，法相宗本身也重視潛意識領域的作用，這一點和現代的魔法理論共通——反過來看，或許只是達也還沒有能夠理解禪宗的「智慧」。

總之，他並非覺得優先順位明顯比較高而選擇先來這裡，講得直截了當一點，清水寺只是三個選項之一，沒有其他意義。

音羽山清水寺的參拜道路是長長的上坡路。雖然可以搭通勤車省去一半路程，但達也等人仍選擇從山腳走上去。光宣雖然知道這附近有傳統派的據點，但他其實也不清楚具體位置，所以達也才決定以自己的雙腳慢慢往上爬，檢視是否有可疑的建築物。

參拜道路的熱鬧程度和前世紀沒有兩樣。在爆發世界戰爭的時代，來自國外的觀光客大幅減少，不過相對的，在「重新發現日本」這個標語之下，也使出不了國的日本觀光客增加，所以這裡沒受到太大的打擊。

而在表面上恢復和平的現在，這條坡道上滿是皮膚、頭髮、眼睛顏色不同的參拜客。

「好誇張的人潮……」

達也不禁這麼說。

「東京不是更多人嗎？」

光宣卻疑惑地歪過腦袋。

同一瞬間，周圍發生了有人追撞和滑倒的意外。意外的源頭是看光宣看到入迷的數名女性觀光客——出事的並非只有「年輕」女性也是相當驚人。

來往的人們從剛才開始就在迴避達也等人所在的位置，所以深雪與水波沒被意外波及。遠遠偷看的視線相當擾人，但幸好彼此相互牽制，保持了足夠的距離。

只不過，因為深雪緊貼在達也身旁，所以即使人潮湧過來，深雪應該也不會被吞沒。若真有人潮湧來，達也應該會預先盡力保護。

就算這樣，達也還是先確認深雪沒事，才回答光宣的問題。

「雖說是東京都，但我們住的地方離市中心很遠。而且我覺得，就連京都車站前面都沒這種人潮。」

「我覺得沒這回事……會不會只是因為路窄，看起來才會人多呢？」

「確實可以這麼說。」

達也從剛才開始就不是在講人群總數，而是密度。但這種事沒什麼好議論的，所以他沒多做反駁。

「話說光宣，總之目的地先定在清水寺的用地內可以嗎？」

「嗯。距離市區這麼近，在山林裡反而顯眼。我想恐怕是偽裝成土產店或餐廳吧。」

「這麼一來，應該就不太需要入內了……」

達也在輕聲說完的瞬間，突然感受到一股如同厚重雪雲沉重罩頂般的壓力。那是一道無從誤解，確實是在表達不滿的視線。

達也轉頭看向左側。

「哥哥，怎麼了？」

眼前是深雪文雅的笑容。

是自己多心嗎……若是其他少年，應該會這麼認為吧。

但是達也不會因為這樣就被蒙混過去。他不可能將深雪的眼神誤認為一般人的視線。

「妳想參拜嗎？」

深雪眼神游移，不過這只是短短一剎那間的事。

「畢竟難得有這個機會。」

無論她使用何種說法，意思都一樣。

達也心想，今天的行程或許得重新規劃了。

眾人站在以「從清水舞台跳下去」這句慣用語聞名的清水寺本堂檜木舞台上，眺望整個京都市區。在達也眼中，人們與土地散發的想子光，看起來彷彿為街道籠罩一層薄霧。只要是魔法師，應該都看得到這層霧，頂多只有濃淡的差異。即使鎖定幾個想子較濃的地點以精靈之眼調查，也不知道要花多少時間才找得到想要的資料。達也沒見過目標人物周公瑾，只靠照片當搜尋關鍵不夠充分。

達也停止無意義的「觀光」，向身旁同樣俯瞰市區的光宣詢問。

「找出什麼情報了嗎？」

「沒有，雜亂的視線太多了……達也察覺什麼了嗎？」

「不，我也和你一樣。」

達也說著看向深雪與水波。

兩人從舞台扶手微微探出上半身俯視下方，開心不已。她們都不是出聲嬉鬧的類型，所以在旁人眼中或許只像是戰戰兢兢地在確認舞台的高度。不過達也看得出兩人都完全忘記了「工作」，純真地樂在其中。

「我檢查了看向深雪的所有視線，沒有可疑人物。」

「全……全部嗎？」

「嗯。不檢點的視線從剛才開始就多不勝數，不過和投向光宣的視線類型相同，沒有任何可能和本次工作有關的視線。」

「這……抱歉害你多費神了。」

男性投向深雪的情慾視線不計其數。
女性投向光宣的情慾視線不計其數。
光宣對此也有自覺。這不是自戀，是客觀的事實。光宣也知道因為這樣，所以即使被投以敵意也很難辨識，必須處理的情報量也大幅增加。
「不，平常總是這樣，我習慣了。」
然而這對於達也來說是司空見慣的事，而且他也不是在逞強。不過他只會過濾旁人對深雪的意識波動。雖然達也在這個狀態同樣能識別衝著他來的敵意，但是如果有人對光宣投以好意或慾望以外的情感，他完全沒自信可以辨識。
而且說來頭痛的是，傳統派最可能視為敵人的就是光宣。
「這樣或許沒什麼意義呢。」
達也這句細語，使得光宣縮起身體。他反射性地覺得受到責難，不過像是被罵的幼犬的這張表情，卻使得注視光宣視線的電壓急速增加。
如此強烈的情感投射過來，即使不是衝著自己，達也同樣會察覺。就連造成此狀況的晚輩少年情緒如何起伏，也在他的掌握之中。
「啊，不，我不是在責備你喔。光宣幫了我很大的忙，我只是覺得線索比預料的少。」
達也說完，光宣便露出靦腆的笑容。

此時傳來一陣「喀噠喀噠」的聲音。是踉蹌地踩穩腳步的聲音，以及抓住了扶手或柱子的聲音。達也不用看也大致猜得到發生了什麼事，所以他刻意不看。

不過深雪似乎很在意這個聲音。她將視線從舞台外面移回來，立刻明白發生了什麼事。

深雪來到達也與光宣身邊，以袒護光宣的模樣和達也相對。

「哥哥，不可以欺負光宣。」

當事人應該沒有惡意，但是這麼做等同於火上加油。

不對，從產生的「現象」來看應該相反。

絕世美少女袒護絕世美少年的構圖。

看著深雪的男性以及看著光宣的女性一齊凍結。

這股異常的氣氛，也傳達給了正經觀光的參拜客。

他們看過來想知道發生什麼事，然後同樣僵住。

清水舞台上的時間靜止了。

達也困惑地環視周圍的樣子。再怎麼樣也太誇張了吧？這是他出自內心的感想，但是再怎麼否認眼前發生的現實，也無濟於事。

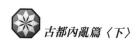

女性觀光客看著光宣。不過有少許例外。

男性觀光客看著深雪。不過這邊同樣也有少許例外。而且比起女性的例外，他們的視線更加纏人。

這些變態——達也在心中臭罵。他的道德觀毀損到不會將殺人視為禁忌，但是對於同性的性愛則抱持平凡的倫理觀念。只是柏拉圖式就算了，但他厭惡肉體上的愛慾。

不只是為了收拾現狀，也為了逃離這些不悅的視線（即使不是投向自己，而是投向熟人的視線，達也同樣會覺得不悅），達也打算盡快離開這裡。

達也下定決心之後，再度檢視必須注意的人物長相。要是晚點被纏上就吃不消了，所以得先做好預防措施。

檢視到一半，達也發現異質的視線。

不是異常，是異質。

這名男性看著光宣。

他和其他人一樣僵住。

然而，他的眼神不是好意、慾望或讚賞，而是傻眼。

我居然是被派來監視這種孩子？這名男性的臉上是這麼寫的。

（這也叫作歪打正著嗎？）

此時浮現在達也腦海的，是這種格格不入的感想。

「光宣、深雪、水波，換個地方吧。」

達也不等同行的眾人回應，直接沿著參拜路線前進。

深雪似乎光是這樣就察覺了達也的意圖，默默聽從哥哥的命令。

水波有一瞬間露出困惑的表情，但也立刻跟在深雪身後。

但是光宣無法不對此舉提出疑問。他快步追上水波，然後就這麼超越水波與深雪，走到達也身旁。

「達也，怎麼突然這樣？」

跟蹤者沒有使用魔法，所以光宣並未察覺也是在所難免。他的容貌如此出色，對他人的視線不夠敏感也是情有可原。

監視他們……應該說監視光宣的這名男性，恐怕不是不使用魔法，而是無法使用。對方大概是認為達也這邊在提防傳統派的魔法師，所以僱用了不是魔法師的私家偵探吧。達也覺得這個著眼點挺有趣的。

達也沒回答光宣的問題，而是從口袋取出情報終端裝置與觸控筆。他開啟終端裝置，讓筆尖在螢幕遊走，手寫的文字每到一個段落就轉換成數位文字。光宣看見的畫面寫著這行文字。

「發現疑似跟蹤的人。我要引他上鉤，麻煩你假裝察覺卻不曉得的樣子。」

光宣露出不得要領的表情，應該是因為不懂「察覺卻不曉得」這個指示吧。但他立刻明白這是「隱約察覺有人跟蹤卻無法確定是誰」的意思，開始假裝心神不寧地看向兩側，或是轉頭看向完全不是目標所在的地方。

老實說，他的演技很差。甚至令以眼角餘光看著他的達也覺得「看來他果然沒受過魔法以外的訓練」。

不過，先不論跟蹤者有沒有覺得是「假裝沒察覺」，對方似乎不認為目標對象在「假裝察覺」。不知道是對自己的能耐有自信，還是單純只有二流本事。達也鎖定的男性保持著一定距離，跟在光宣身後。

達也從「內院」走下坡道前往「音羽瀑布」，在途中通往「子安塔」的岔路停下腳步。

他轉身看向深雪等人，露出要和其中一人討論事情的模樣，以眼角餘光看向跟蹤者。

跟蹤者大概是覺得同樣停下腳步不太自然，開始拿出小型相機仰拍主殿的舞台。這以觀光客的行動來說並不稀奇，但是一直拍相同構圖的照片就不自然了。這名男性不曉得是否沒察覺達也在偷看，露出了厭惡的表情走向「音羽瀑布」。

「喂，先生。」

達也裝出不悅的聲音，從後方叫住他。

跟蹤者的背影散發慌張氛圍，但他想假裝沒察覺有人叫他而離開。

「沒聽到嗎？就是那邊的你！」

達也快步從跟蹤者身後接近。眼神原本就犀利的達也，像這樣露出生氣的表情就會相當具有魄力。周圍的觀光客看向他們，想知道發生什麼事。

「什……什麼事？」

跟蹤者掛著畏縮表情轉頭看向達也。這場面乍看之下是壞學生對善良市民找碴。對方讓表情非常有小市民感覺的演技可以打上及格分數。如果達也只有一個人，旁觀群眾應該會站在跟蹤者那邊吧。

「你剛才偷拍我朋友對吧？」

不過，這句話使得眾人的敵意朝向跟蹤者。偷拍深雪這樣的美少女或光宣這樣的美少年，很像這種不起眼的中年男性會做的事——他們毫不質疑地相信了達也的話。

「冤枉啊！你有什麼證據？」

男性大呼自己的清白，但冰冷的蔑視眼神卻形成包圍網壓迫著他。跟蹤的男性察覺群眾視線集中在他手上的相機，連忙將小型相機塞進肩包裡。這個行動更讓大家誤以為偷拍是事實。

「是不是冤枉你，就請警衛判斷吧。」

達也斷然說道。群眾已完全站在達也這邊。

跟蹤的男性突然撥開人群跑走，正中達也的下懷。

逃不到十公尺，達也就輕鬆抓住了這名男性。

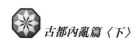

達也將跟蹤者帶到了暗處。群眾中也有人想先報警，但光宣以「這個人也要過生活，鬧上警局很可憐」為理由阻止了。

男性一改軟弱的表情，忿恨地看著達也。

達也面無表情地回看他。

如同看著無機物的視線令男性心生怯懦。

「你打算怎麼處置我？」

「我不打算處置你個人。」

達也這句話，使得跟蹤者的表情增添猜疑。

「我知道這樣違反職業道德，但我還是要問你，你的雇主在哪裡？」

男性目光左右游移，大概是想急忙尋找逃跑路線吧。達也他們並未包圍男性，但達也刻意回應這個視線，使男性因而放棄逃走。

「……你在說什麼？」

這名男性選擇「裝傻」。這在達也的預料之內。

「你知道他是位居日本魔法師頂點的十師族直系後代吧？」

男性眼神中沒有顯現慌張。不過這等於供稱自己知道這件事。

「使用魔法會被發現，所以不派魔法師而是派偵探監視，算是一種正確的做法吧。」

達也說著將手伸向手錶。

男性身體明顯一顫。達也維持缺乏喜怒哀樂的表情，只以嘴唇勾勒出笑容。

「要是擅自使用魔法，你才會被繩之以法！」

深雪輕聲一笑，大概是覺得「繩之以法」這個落伍的形容方式很好笑吧。

不過在跟蹤男性的眼中，看起來卻是無情魔女的笑容。

對於魔法師來說常用到如同衣物的ＣＡＤ，對於非魔法師來說卻等同於黑科技。和現代魔法沒什麼交集的普通人，只知道那是「戴在手腕的一種可以使用魔法的道具」。所以即使這名男性誤以為達也朝手錶伸手是使用魔法的準備動作，也不能罵他無知。

「我只再問一次。」

達也讓想子活化。如果只是這樣，就算被感應器偵測到，也不會被認定為使用魔法，然而對於不是魔法師的人來說，想子活化之後的波動卻會成為不明的壓力，耗損其精神力。

「雇主在哪裡？」

男性沒回答。即使只是賭氣，他的職業道德也堪稱了不起。

不過也快達到極限了。人類無法承受未知的恐怖太久。即使可以承受知悉實體為何的恐怖，面對真相不明的恐怖依然容易恐慌。

「這樣啊，真遺憾。」

達也刻意當著他的面移動按在手錶上的手指。雖然這是和情報終端裝置配對的多功能手錶，也終究只是資訊機器，完全沒有輔助魔法的功能，然而——

「我知道了！我來帶路！」

不是魔法師的這名男性，不可能知道這件事。

「就是這裡嗎？」

精神被擊潰的男性帶領眾人來到參拜道路邊的一間豆腐餐廳。

「嗯，我沒說謊。」

男性迅速說完，朝達也投以求情的眼神。

「我說啊，可以放過我了吧？正如你的推理，我只是個無名私家偵探，只是受託在那個男生接近這附近的時候，回報他做了什麼事而已。除此之外我什麼都不知道。」

「但你居然知道雇主住哪裡呢。」

委託第三方進行這種工作時，都會避免透露自己的身分。至少達也自己會這麼做。

「因為我不想犯險。在這個時代，當偵探也不輕鬆。」

「冷硬派在這種社會裡真難熬啊。」

「一點都沒錯啊，真的……」

達也輕聲失笑。他總覺得無法討厭這名男性。他就算不適合做辛苦的工作，也可能適合收集情報。

「我知道了。辛苦你了。」

男性露出無法置信的表情。明明是自己提的要求，但他似乎不認為達也會答應。

「……可以嗎？」

「我已經這麼說了。」

「你該不會想從背後捅我一刀……」

「你連續劇看太多了。」

達也傻眼地掛著苦笑回應。雖然不是十幾歲少年會有的態度與表情，但男性反而因此覺得有親近感而安心的樣子。

「這……這樣啊，那麼……」

不過，達也個性沒有好到會默默放他走。

「我已經『記住』你了。無論你去哪裡，我都可以立刻掌握行蹤，所以想說什麼就趁現在說一說吧。」

男性表情因為恐懼而抽搐。

「就……就算是魔法師，也不可能做得到這種事吧……」

「為什麼你覺得做不到？」

男性拚命搖頭。

「我沒說謊！真的，相信我！」

「既然沒說謊，就沒必要害怕。」

男性跌跌撞撞地沿著參拜道路的坡道往下跑走。

深雪無視於只是愣愣看著這幅光景的光宣，以訓誡的語氣詢問達也。

「哥哥，您胡鬧過頭了吧？」

達也以一副深感意外的表情搖頭。

「我並沒有在胡鬧。畢竟我不能真的用魔法讓他招供，再說，我也不適合使用精神干涉系的術式。」

「所以您刻意裝模作樣嚇唬他嗎？」

「沒錯。」

「……但您威脅他時，看起來似乎玩得很開心呢。」

「露出那種態度比較有效不是嗎？不提這個，進去吧。」

深雪似乎想繼續說些什麼，達也卻不等她開口，就進入店內。

「歡迎光臨！」

一道開朗的聲音迎接達也。是一個年紀三十歲上下，身穿和服的店員。感覺她態度沉穩一點會比較符合當地民情，但達也後來覺得這大概只是自己先入為主的觀念。

「請問是四位嗎？」

「不……」達也在搖頭回應店員時，察覺深雪與水波正專注地看著價目表，而且現在已經中午了。

達也捕捉到店內深處的個別情報體，推測就是他要找的魔法師。不知為何，對方似乎不想隱藏。達也判斷對方應該不會在他們用餐的時候逃走。

「是的。」

達也朝店員點頭，接著店員照樣以開朗的聲音回應「這邊請」，在以眼神向達也示意的同時踏出腳步（她的目光沒被光宣吸引，真是了不起的專業態度）。達也跟在她身後，深雪等三人也跟著達也前進。店員安排四人坐榻榻米座位。

「請問坐這裡可以嗎？」

達也比較喜歡普通的餐桌座位，不過那一區大致看來已經客滿了。達也以目光詢問同行者，不過三人都沒有表示抗拒。達也向店員表示沒問題。

「決定點餐之後請叫我。」

店員在達也點頭回應之後離開。

「總之，先吃完午餐再說吧？」

「那個……沒問題嗎？」

光宣一臉不安地詢問達也。

「就我看來，他們似乎也很認真經營表面上的正當生意。」

「可是……」

「如果他們下毒，無論是哪一種毒，我都分辨得出來。而且我剛才也已經捕捉到疑似偵探雇主的氣息。如果對方想逃，我立刻就會知道。」

光宣忍不住感嘆。

「達也真的無所不能呢……」

這個率直的反應，使得達也不禁苦笑。

「我做不到的事情可多了。不提這個，你可以這麼輕易地就相信我說的話嗎？」

「難以置信……」

光宣沒想太多，就對「做不到的事情可多了」這句話如此輕聲回應。

「不，我當然相信達也！」

但他察覺這句話變成「你相信我嗎？」的回應，連忙改口。

深雪輕聲一笑。

光宣的臉頰變得紅通通的。

「深雪姊姊……」

水波難得對深雪使用訓誡般的語氣。

「光宣，對不起。因為包括哥哥與哥哥的朋友，我身邊都沒有像你這樣會做出正常反應的男孩子。」

「這樣不就像是在說我不正常？」

達也立刻開玩笑地以平淡語調抗議，深雪笑得更開心了。

「哥哥，您這麼說，就好像在說自己是平凡人呢。」

達也面向光宣聳聳肩。

仍紅著臉的光宣也笑出來了。

達也與光宣點的是湯豆腐，深雪與水波點的是豆皮鍋。

先入為主地認定「說到湯豆腐就是南禪寺」的達也，曾在進入店內之前暗自納悶，不過聽光宣說明，就明白只是自己調查得不夠充分。再說，他們也不是來觀光的，就某方面來說，沒有連這種事都調查清楚也是理所當然。

他們花了好長一段時間和樂融融地享受這頓午餐。時間長到達也必須在心中徹底修改今天的行程。原因主要在於豆皮鍋。將豆漿加熱，以竹串拉起表面的薄膜來吃——單純是這個程序費時的關係。如果點餐前知道這件事，達也就會讓兩人選別的料理，但是為時已晚。結果他們進店經過一小時以上，才向店員如此詢問。

「其實我們是生駒的九島先生介紹的，方便拜訪店長嗎？」

「生駒的工藤先生嗎？我去確認店長是否方便，請稍待片刻。」（註：日文「九島」和「工藤」的發音相同）

首先是隨便編個假名義，委託店員幫忙引見店長。大概是這種事不稀奇吧，店員沒有特別質疑，就進入後場。

眾人沒有等待太久。

「客人，店長吩咐我帶各位進去。抱歉麻煩您……」

「謝謝。」

達也沒讓店員說完這段謙卑的話語，就從坐墊上起身。

眾人被帶往的房間不是榻榻米和室，是日西合璧的會客室。室內不是沙發加矮桌的會客組，是塗漆桌子及椅背施加精緻鏤空雕花的木製椅子。包含達也在內，所有人都知道這組桌椅比一般的高級沙發組昂貴得多。

店長——達也早就捕捉到氣息的男性古式魔法師，沒有坐在椅子上。他確認拉門關上之後深深行禮致意，態度中看不出敵意。

布帽加上工作布衣的打扮是否適合接待客人，達也不得而知。所以他並沒有從各方面深入推測，而是直接受邀坐下。

桌子是頗大的六人桌，但是一邊坐三個人會多出一個人。達也坐在中間，光宣坐在內側，深雪坐達也旁邊，水波則是坐在靠近門口的額外座位。

達也重新和店長相視。他臉上的細紋很明顯，年紀大概是五十出頭吧。有些魔法師老化的速度特別快，也有人過再久也沒有明顯變老，所以用外表猜測不太可靠，不過說到底，年齡也不是什麼重要的因素。年長者位居高層比較能夠讓組織圓滑運作，魔法師社會在這方面和一般社會相同，不過「實力優先」這一點也和非魔法師的組織相同。實際上，無論是達也、光宣或深雪，都沒有很在乎對方年齡。

「沒想到九島家的人會像這樣來見我。」

傳統派的魔法師突然以此作為開場白，沒有詢問達也等人的身分。這種態度要說率直確實是很率直，不過達也看出對方不太從容。

「我不請教同行各位的姓名，所以也希望各位容我省略自我介紹。」

這個出乎常理的要求，使得深雪與水波睜大雙眼。
達也則反倒是瞇細雙眼，想看出對方的真正用意。
「……意思是您沒有和我們敵對的意思嗎？」
「我已經不想和『九』的各位生事了。」
「恕我冒昧請教，您不是『傳統派』的一員嗎？」
戴著布帽的魔法師嘆了口氣。
「是的，我是率領『傳統派』其中一派的咒術師。」
「咒術師？」
詢問這個陌生名詞意思的不是達也，是光宣。
「就是沒能成為密教僧、陰陽師或修驗者的半桶水。」
自稱咒術師的男性有些自嘲地說道。這番話讓人窺見他受挫的碎裂自尊，令眾人猶豫是否要深究。
「那麼，您這位傳統派的魔法師，為什麼不和以九島家為首的前第九研魔法師敵對？再說，傳統派不就是因為敵視前第九研才組成的集團嗎？」
達也回到正題。這名男性的經歷對他來說一點都不重要。
「我剛開始也對第九研的做法感到憤怒，覺得總有一天要給他們好看。在同伴之中，我的憤怒尤其激烈，大概是因為這樣，我才會被拱上來率領不屬於任何宗派的這群術士。」

「您說得好像自己不是實質的領導者。」

「我是這麼認為的……但這不是現在該說的事。」

男性表達不想議論的意願，達也默默等他繼續說下去。

「剛開始，我很認真地想要報復，可惜完全沒有具體計畫。不過，我始終是針對昔日利用我的第九研，完全沒有背叛祖國的意思。」

「您是指收容逃亡方術士的事嗎？」

自稱咒術師，即將邁入老年的這名中年魔法師，點頭回應達也的詢問。

「我已經跟不上奈良那些傢伙的做法了。明知道遲早會窩裡反，為什麼還要拉攏大陸的術士呢……如同日本魔法師唯一的效忠對象只有日本，他們也只會對祖國效忠啊。」

咒術師這番話令光宣低下頭。這肯定是因為他知道父親做過的事。

「他們不是因為信念和祖國的政治體制不相容，才會逃亡過來嗎？」

達也不經意的疑問，使咒術師正經地搖了搖頭。

「忠誠心不是思想的問題，是心態的問題。」

達也只以微微點頭回應這番話。

「原來如此。所以您才和奈良的傳統派斷絕往來，停止和前第九研敵對嗎？」

「是的。時間是偉大的萬能藥，能治癒所有的傷。即使傷口無法完全復原也一樣。」

「但我認為有些傷無法以時間治癒。」

「傷沒治癒，只是因為快要癒合的時候又增加了新的傷。這和沒有持續注入燃料的火終究會熄滅是相同的道理。」

達也裝模作樣地嘆了口氣。

「抽象論就到此為止吧。」

然後他便直直注視中年魔法師的雙眼。

「您要如何證明您對我們沒有敵意？」

光是口頭說說無法相信——達也暗藏如此意義的這句話，令中年魔法師由衷嘆了口氣。

「你看起來應該還未滿二十歲，究竟是受到什麼教育才會變得這麼冷漠啊……」

深雪與水波露出五味雜陳的表情。這個魔法師說得沒錯，達也確實不到二十歲，但是「未滿二十歲」這個形容方式，一般來說應該不會用在高中生身上……

不過，當事人達也完全不在意。

「您也是變得願意正視現實，才會答應和我們面談吧？」

身兼傳統派據點領導者的店長，突然以上了年紀的動作垂頭嘆氣。

「我正開始覺得這樣的判斷是錯的。聽說那位偵探相當幹練，不過終究是傳聞。要應付九島家，還是負荷不來嗎……」

達也認為那名偵探確實不算幹練。但只是暗自心想，沒說出口。他說的是更現實的事。

「您剛才提到無法認同傳統派接納逃亡方術士。那麼，您方便以實際的做法證明不是口說無憑嗎？」

「……你是不是想知道什麼事？」

「我們在找一個從橫濱逃到這裡的華裔魔法師。他叫作周公瑾，是為這個國家帶來許多災難的危險男性。」

咒術師以認命的表情抬起頭。

「——我知道了。就提供我掌握到的情報吧。」

「請告訴我。」

達也之所以這樣回應，與其說是因為著急，還比較像是在施加壓力。

「你們在找的周公瑾不在京都市區。我們最後一次發現他的行蹤是十月十二日星期五那天。天龍寺以北，名為『竹林之道』的觀光步道附近有一個前密教僧組成的派系，他在那天離開了那個據點。聽說是前往南方了，但他沒有離開宇治往南的跡象。」

不過，自稱咒術師的這名魔法師提供的線索，卻詳細得出乎意料。

「為什麼您知道他沒有離開宇治往南？」

「正確來說，是可以確定他沒越過宇治川。宇治川架設了守護京都的結界。」

達也今天第一次由衷感到驚訝。

「整條宇治川都有設置？對這麼長的領域持續發揮效果的魔法，究竟是怎麼……？」

深雪代替啞口無言的哥哥詢問。不過妹妹的問題刺激了達也，使他腦中閃過答案。

「──不對，不是在宇治川設置結界，是將宇治川用為結界吧？也就是將魔法媒介混入河水放流，讓河川本身具備魔法效果。」

「漂亮！九十分！」

中年魔法師露出笑容拍手。咒術師將達也當成對等敵手的眼神，只在這時候變成大人看孩子的眼神，以及資深教師看成材學生的眼神。

「──另外的十分，在於不是將媒介混入河水，而是讓河水本身變質──也就是神聖化，對吧？」

「喔喔！哎呀，你明明還是高中生，卻這麼了不起。該說不愧是九島家的直系嗎？」

光宣說出自己的意見補足之後，老魔法師發出一陣感嘆。

「結界的基點在天瀨水庫，河水在那裡接受靈力的淨化。當然不是淨化水庫所有的水，因為要是那麼做，隨時都得要有數百名術士值勤才行。」

不用他說，達也與光宣也知道那是不可能的事。

「不過，可以即時淨化的少許水量，不足以設置這麼強的結界，頂多只能當成警報裝置，感應敵人是否渡河。但是這個結界不同於機械警報裝置，解讀情報的每個術士可以進行個人專屬的設定，而且可以設定為只對特定人物起反應。」

「換句話說，您是宇治川結界的管理者之一嗎？」

達也說完，咒術師緩緩點頭。

「我學到那道結界的控制咒語只是巧合，其他的管理者大概不知道我擁有管理結界的權限吧。我也不知道其他的管理者是誰，不過這種事在我們的談話中不成問題。」

老魔法師說到這裡停頓下來，或許代表他也還有想如此裝模作樣的自尊吧。肯定是潛意識想讓年輕的達也等人知道他寶刀未老。

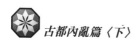

「那道結界只有和這座山城與大和土地有淵源的人才能更動。而且自從周公瑾出現在京都，我就一直監視他是否會再度通過這道結界。」

「為什麼？」

「因為他對這個國家來說很危險。」

率領傳統派其中一派的魔法師，清楚回答了達也這個問題。

「我剛才很自以為是地說『時間能治癒所有的傷』，不過老實說，我至今仍無法完全放下和前第九研的過節。如果你們二話不說就闖進門，我應該就不會說出這道結界的事，以及周公瑾的下落了吧。」

咒術師依序看向光宣、達也、深雪、水波，最後將眼神固定在達也身上。

「但你們遵守了最底限的禮儀。雖然這種做法就我看來很性急，卻沒有流無謂的血。」

這次真是受到偶然之神的眷顧了——達也聽著咒術師這番話如此心想。達也之所以沒硬闖店內深處，是因為深雪與水波看起來想吃午餐；之所以沒造成流血場面，只是因為身邊沒有幹比古那樣能架設結界的術士。

他當然不會老實說出這種事。要是說出來，就不叫作老實，而是老實過了頭。

「感謝您提供寶貴的情報。」

「還有一件事，小心鞍馬與嵐山那一派。他們完全被大陸魔法師拉攏了。」

達也起身行禮，深雪也幾乎同時跟著哥哥這麼做。

光宣與水波連忙起身低頭致意。中年魔法師會心一笑地看著他們。

走出店門口時，太陽已經開始西下。雖然距離日落還有一段時間，不過在這個季節，只要開始日落，天色就會立刻變暗。這裡的西側是山的背陽面，所以更加容易如此。雖然因為有得到成果，所以免於嘗受白跑一趟的空虛，但今天確實也沒什麼時間了。

「接下來怎麼辦？」

沿著參拜坡道往下走的光宣詢問達也。如果那個「咒術師」的說法可信，周公瑾已經不在他們接下來要去的地方了。

「就算他說在宇治川以北，只靠五個人找也太大了。我想要別的線索。」

「那要去嵐山嗎？」

「這個嘛……」

此時浮現在達也腦海的，是七草真由美隨扈遇害的新聞。那則報導寫到地點在桂川。

明天預定要和真由美調查那樁命案。真由美指定的會合地點是保管名倉遺物的警察局前面，不過看過遺物之後，當然是會前往案發現場吧。比較可能有線索的地點是嵐山，仔細調查那裡確實比較好，不過他們時間有限，只有短短的兩天一夜。連續兩天去同一個地方沒什麼效率。

「嵐山等明天再詳細調查，今天去金閣寺吧。」

「我知道了。宇治那邊由我和響子姊聯絡。」

「這樣啊，拜託了。」

在和中午十一二點時差不多的人潮中，達也等人一邊受到眾人注目（不用說，受到注目的當然是深雪與光宣），一邊前往山坡下的通勤車上車處。

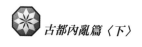

◇　◇　◇

結束警方偵訊的幹比古、艾莉卡、雷歐與將輝，被認定是正當防衛而獲得釋放。雖無法否認是受到一条與千葉這兩個姓氏的影響，不過無罪釋放的關鍵還是在於設置在該處的市區監視器紀錄。雖說古式魔法比現代魔法不容易被感應器偵測，但也只是難以確定術士是誰而已，使用魔法的事實同樣會被記錄下來。既然魔法師光明正大現身，那麼不論是現代魔法師和古式魔法師，都一樣逃不過和監視器共同運作的想子雷達以及附屬的各種感應器。

即使如此，偵訊還是花了不少時間。之後四人回到了新國際會議中心。

「接下來怎麼辦？感覺今天不會再發生什麼事了，不過要再調查一下周遭嗎？」

雷歐問完，幹比古搖了搖頭。

「不，今天到此為止，回飯店吧。」

「是啊。畢竟笨蛋說得對，今天應該不會再出現什麼狀況了。」

「啥？妳說的笨蛋是誰啊！」

「天曉得呢~是誰啊？話說你為什麼要生氣？」

「妳……這……個……臭……婆……娘……」

雷歐瞪向艾莉卡，艾莉卡則是若無其事地撇過頭去。

將輝以目光詢問幹比古「可以扔著不管嗎」，幹比古搖頭表示「就別管他們吧」。

「話說回來，一条同學住在哪間飯店？」

不過，大概是覺得默默旁觀不太自在吧，幹比古向將輝聊起完全不同的話題。

「啊……喔，我住ＫＫ飯店。」

突然這麼問似乎嚇到了將輝，但他還是規矩地回答。

「是喔。我們住在ＣＲ飯店。」

「真的嗎？那不就在旁邊而已？」

「是啊，真巧。吉祥寺同學也在飯店嗎？」

如果幹比古這個不經意的問題是問達也，應該只會得到一聲嘆息吧。達也或許還會以傻眼的語氣補充「我也是會有和深雪分頭行動的時候」這句話。

不過，將輝老實回答幹比古的問題。

「不，我剛才也說過，我是單獨來這裡。喬治是三高的代表，我讓他專心準備報告。」

「這樣啊。」

論文競賽的代表專心準備上台報告的內容，是極度理所當然的一件事，因此幹比古、艾莉卡與雷歐都沒繼續提吉祥寺的事。

「我們要回飯店了，一条同學有什麼打算？」

「這個嘛……」

將輝不是做個樣子，而是真的在思考。他的想法也和人在另一處的達也一樣，原本打算多去幾個地方看看。他和達也等人不同，是一個人來的，所以沒辦法分工合作，也不像達也還有人帶路。從將輝的住處到京都不會太久，所以他挺常造訪這裡。以他對這裡的熟悉程度，不必由他人帶路，但是沒有人指示他要注意哪些地方，所以他原本打算在會場周邊以漩渦狀的路線由內向外跑一遍。

然而時間卻浪費在應付警察上。最重要的是，麻煩的偵訊過程令他失去了調查的興致。

「我也回飯店吧。」

「那麼，要不要一起走？」

幹比古覺得這樣可能很多管閒事，但還是邀將輝搭同一輛通勤車。

「反正剛好四個人，一起搭車沒什麼不好吧？」

看似專心捉弄雷歐，沒聽幹比古他們交談的艾莉卡，以一副無所謂的態度突然插嘴。

艾莉卡和外型不搭的這副態度，令將輝感到困惑。這女生會令人亂了步調呢——將輝邊如此心想，邊婉拒幹比古的邀請。

「不，其實我是騎車來的。」

「喔，一条也有在騎車啊？」

很多女生聽到「將輝騎機車」就會感興趣。將輝也隱約察覺不少女生莫名地嚮往兩人共騎機車，卻不明白箇中理由。

在這個時代，腳踏車雙載依然違法。雖然並肩站立的雙人座立式電動機車同樣受歡迎，不過只有機車做得到「少女緊抓著前方少年」的構圖，刺激著夢想這幅定例光景的少女情懷。

「我『也』？」

不過，艾莉卡感興趣的方向明顯和那種「懷抱夢想的少女」不同，使將輝也感到疑惑。

「你知道達也同學……更正，司波達也吧？他也有機車。」

「那個傢伙？」

將輝腦中形成一幅影像。高大的少年騎機車，少女坐在後座。不是跨坐，是優雅的側坐。少女摟著少年的腰，身體緊貼在少年背後。

以全罩式安全帽遮住長相的少年是達也，而少女當然是深雪。將輝不禁差點咂嘴。

焦點再度回到少年的臉。霧面護目鏡逐漸變得透明。位於鏡片後方的臉是將輝，身後傳來深雪身體的柔軟觸感……

「……你在想什麼？」

艾莉卡感到疑問的聲音，使得將輝驟然回神。

「啊，不，沒事。」

將輝板起表情搖了搖頭。艾莉卡似乎正以感覺噁心的眼神看他。他無視於這雙視線，看向幹比古。

「所以我沒辦法同乘，不過我會跟著你們的車。」

「這我當然不介意……」

不過這樣究竟有什麼意義？幹比古如此心想，但沒有說出口。

明顯撇開目光的艾莉卡也和雷歐相視，疑惑地歪過腦袋。

雷歐朝艾莉卡微微聳肩。

◇　◇　◇

為了以防萬一而來到金閣寺（正式名稱是鹿苑寺）周邊，卻沒得到任何成果。連傳統派的據點都沒找到。雖然時間還有點早，但覺得白跑一趟的達也等人決定回飯店。

達也他們下榻的飯店，和論文競賽會場京都新國際會議中心有點距離。雖然不方便，但第一高中的上台成員與工作人員在競賽期間也預定要住在這裡，所以這次以場勘的名義前來，也不得不選擇住在這裡。加油的學生是當天來回，不過往年也有不少學生自掏腰包在前一天入住，順便觀光。

此外，光宣今天也住在這裡。如果只看移動時間或許沒這個必要，但是反過來說，正因為離自家不遠，家裡才判斷容易生病的光宣可以外宿。

政府嚴格限制魔法師以私人名義出國，未成年的魔法師鮮少有海外旅行的經驗，不過在國內和朋友出遊的經驗和常人無異。可惜光宣因為體質問題，不只難以長期離家，也沒有交情好到可以一起旅行的朋友。這次達也等人來京都不是來玩，但光宣的家人會認為這是個好機會，也沒什麼好奇怪的。

順帶一提，光宣和達也等人住同一間客房。雖然光宣婉拒，不過這次預約的是二至五名的男女通用的和室，住三個人或四個人都沒什麼差別。達也以此說服了光宣。

達也完成入住手續，領回飯店代為保管的行李，行經門廳要前往房間時，看到熟悉的人影紛紛從大門走來。是分頭行動的朋友們。雖然沒有特別決定會合時間，不過現在剛好是該回飯店的時間，所以在這裡巧遇也沒什麼好訝異的。

然而，達也在其中發現一張意外的臉孔，忍不住向對方搭話。

「一条。」

「司波同學。」

對方似乎也一樣。不過，將輝搭話的對象不是達也。

達也與深雪轉頭相視，深雪看見達也的苦笑後，便掛著客套的微笑回應。

「好久不見。一条同學也來京都啊？」

「我才要說聲好久不見。下週就是論文競賽，我想先來場勘。」

將輝一如往常，一面對深雪就立刻變成純情少年。

「哎呀，我們也是。」

「嗯，我聽吉田同學他們說了。」

不曉得是兩人稍微習慣了還是相當努力銜接對話，對話依然順利成立。

「你是在新國際會議中心遇到吉田同學他們嗎？」

大概是「我在千鈞一髮之際救了他們」這種炫耀自身功績的話語難以啟齒吧，將輝示意讓給幹比古回答。

「他在千鈞一髮之際救了我們喔。」

不過，艾莉卡卻從旁搶先回應。

將輝、幹比古與雷歐都為此苦笑。將輝原本就想讓別人代為回答，所以不會覺得不高興。不過這種自由奔放的舉止，確實很像這名少女的作風——將輝也已經對艾莉卡熟悉到足以抱持這樣的感想了。

「方便到房間詳細說明嗎？」

達也制止他們繼續站著聊下去。雖然是出乎意料的提議，但將輝驚覺必須這麼做，便和艾莉卡他們一起點頭回應。

「一条同學也住這裡嗎？」

深雪委婉詢問將輝是否方便。

「不，我住旁邊的ＫＫ飯店。不過我想知道這件事的細節。」

將輝停好機車之後沒回自己房間，直接跟著幹比古他們一起過來，就是想知道剛才遇襲的原由。他的想法和達也一樣。

「那麼，到我們的房間吧。」

雷歐如此催促。

「那我去拿行李喔～」

「先等我們一下。」

艾莉卡與雷歐不等回應就前往櫃檯，幹比古連忙追上兩人。

將輝不知道達也是國防軍的特務軍官，所以說明時必須巧妙隱瞞這部分。艾莉卡、雷歐與幹比古都這麼認為。

「在去年橫濱事變引進大亞聯盟侵略軍的人，確定躲在京都這邊。而我就是受命來京都尋找這個人。」

「受命？司波，你是……？」

「我是國立魔法大學附設第一高中的學生，同時也是隸屬於國防陸軍一〇一旅獨立魔裝大隊的特務軍官。」

「你說……什麼？」

不過達也很乾脆地主動表明這件事，三人見狀大吃一驚。

即使是一条家下任當家將輝，也不免為這個事實感到驚愕。

但是將輝無法說出「你騙人」這三個字。他立刻明白這是事實。

因為待在達也身旁的深雪一臉嚴肅。

「一条，雖然應該不用強調，但這件事不能洩漏出去。」

將輝以還沒完全脫離打擊的表情點頭。

艾莉卡注視著遠方。「這就是達也同學的做法啊……像這樣硬是將別人拖下水……」她心中抱持這種想法。

「這個破壞員也可能在這次的論文競賽採取妨害行動。我請幹比古他們幫我，並且確保論文競賽的安全。」

艾莉卡與雷歐都是首度聽到這件事。原來這趟旅行不只是單純的場勘，是要找出特定的敵方破壞員，而自己則是遭到牽連差點受重傷，要是運氣糟一點的話可能已經沒命了。

不過兩人冷靜地接受了這件事。若預先得知這個任務，自己是否會退出這趟調查之旅？兩人同時如此心想，也同時在心中搖頭否定。

現在最慌張的應該是將輝。

「……你知道引進侵略軍的人叫什麼名字嗎？」

即使如此，將輝依然率先問這個問題。幹比古也朝達也投以期待答案的強烈目光。這同樣是幹比古還不知道的情報。

「他自稱周公瑾，外表是二十出頭的男性，但是真正的年齡不明。留長頭髮，就照片看來長相極度俊秀，似乎會使用鬼門遁甲的術法。」

驚人的是，達也很乾脆地告知目標人物的姓名。

「你說周公瑾！」

幹比古深感意外，但將輝抱著比他更強烈的驚訝大喊。

「一条，你知道周公瑾？」

達也如此反問。將輝的驚訝正是給人這種感覺。

「啊，嗯……原來如此，是那個傢伙啊。就是那個傢伙啊！」

將輝眼中燃起怒火，火苗化為火焰熊熊燃起。

「你跟他之間發生過什麼事嗎？」

看來是非同小可的過節。看他的反應，只覺得他相當懷恨在心。

「……去年部分侵略軍逃進橫濱的中華街，我要求中華街的居民交出那群人。」

達也看過橫濱事變的報告書，卻第一次聽到這件事。這種事沒什麼好隱瞞的，大概只是沒彙整到這個情報吧。達也暗自心想，有機會的話要再度申請閱覽那場戰鬥的紀錄。

不過，現在該做的是聆聽將輝的說法。

「不同於我的預料，中華街的門很快就開了。居民逮捕侵略軍的士兵交給我們，而帶領居民的青年自稱……」

將輝用力咬緊牙關。

達也代替他說出這個名字。

「周公瑾嗎？」

「沒錯。那個傢伙說這是本名，還掛著笑容……！」

將輝沒有繼續說下去。達也隱約理解到他的心情，並未出聲。

「『鬼門遁甲』是怎樣的魔法？」

改變話題的人是艾莉卡。這看起來像是以自己的好奇心為優先，不過一定是顧慮到將輝的貼心之舉。

而且，也確實有必要共享對方使用何種魔法的相關情報。

「不是占卜的鬼門遁甲吧？」

幹比古如此詢問，做個確認。

「嗯。大陸古式魔法師使用的鬼門遁甲真髓，是擾亂方位知覺的精神干涉系魔法。」

回答的是光宣。

「擾亂方位知覺？比方說讓人在水中分不清上下而溺水？」

雷歐問完，光宣便露出了佩服的表情。雷歐的構想對從來沒想過有這種用法的光宣來說，相當創新。

「應該也可以這麼使用，不過傳承至今的主要用法，則是擾亂追蹤者的直線知覺使其反覆蛇行，即使看得見目標卻永遠追不上，造成心理上的打擊，或是讓對方一直迷失在石頭堆砌的迷陣當中。」

「……九島學弟。」

「一条先生，叫我光宣就好。」

剛進入這個房間，光宣與一条就已經進行了自我介紹。當時光宣也向將輝如此提議，但即使光宣年紀比較小，將輝似乎也不太願意立刻以名字稱呼他。

「我知道了——光宣。」

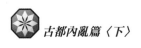

不過，將輝好像覺得身為男人，不應該再三客氣。

「那不是《三國演義》記載的諸葛孔明傳說嗎？」

他重新以名字稱呼光宣，並且如此詢問。

「是的。第九研不只是研究日本的古式魔法，也研究大陸的古式魔法。」

在旁邊聽的達也認為這也是理所當然。魔法師開發研究所最積極活動的時期，是二十年連續戰爭那段期間。像是「電子金蠶」這種將古式魔法改編成現代風格的術式就實際造成了威脅，沒調查這個領域反而不自然。

「後來第九研的研究者做出結論，說諸葛孔明很可能習得了鬼門遁甲的方術。」

名人意外登場，使得艾莉卡與雷歐露出佩服的表情。達也對於軍事面的失敗者沒什麼感想，所以試著在離題前修正話題軌道。

「鬼門遁甲不只能用於那種大規模的術式，在單兵戰鬥層級也是有效的技術吧？我認為反而要提防後者。」

「比方說什麼樣的情況？」

將輝如此詢問，但達也沒有要求他自己思考。

「只是站著互擊魔法就算了，在彼此頻繁走位戰鬥的狀況下，無法掌握對方的所在位置會造成致命的破綻。」

不過，他不需要連最後的結論都說出口。

「原來如此。要是方位知覺產生混亂，就無法知道自己面向何處。」

對方是將輝，不用講得那麼詳細，他也能理解。

「同時，這也代表會不清楚對手位在哪個方位。鬼門遁甲的魔法能讓敵方迷失己方位置，是這樣吧？」

「恐怕是這樣沒錯。深雪。」

深雪在哥哥的催促下開口。

「一条同學，在那場騷動的時候，我在魔法師協會關東分部和名為陳祥山的鬼門遁甲術士對峙過。」

「真的嗎？」

「真的。當時我是看樓層的監視畫面，但我確實無法看見他從走廊接近我。我以為自己是交互看著門口兩側的監視螢幕，但其實一直只看監視右側的螢幕。」

「司波同學是怎麼破解這個魔法的？」

將輝這句詢問，使得達也在心中輕聲說聲「了不起」。他不是問「為什麼」，而是「怎麼破解」。詢問「為什麼」並非沒有意義，不過實戰當前，還是問清楚「怎麼做的」比較重要。

「我有一位朋友擁有特殊的眼睛。我請她幫忙估算時機，等待開門。」

將輝陷入沉思。達也默默等待他再度開口。

「……也就是說，鬼門遁甲其實並非和時間無關吧？這個魔法的本質是精神干涉，讓對方在分歧點注意或忽略特定的方向。不過只要知道何時到達分歧點，就可以預先決定到時候要注意哪個方向，得以抵抗意識的誘導。以上就是我的推測。」

「一条先生真了不起。」

光宣聽完將輝的推理，發出毫不保留的感嘆。

「不只是方向，而是藉由時間與方向的組合來干涉意識的魔法嗎？聽你這麼說，就覺得這是最適當的推測。」

光宣轉向達也，尋求他的贊同。

達也朝光宣微微點頭。

「術式的分析就先到此為止吧。一条，具體來說要怎麼應付？」

「就是……不依賴知覺，預測對方的行動……」

「看來這部分必須各人自己發揮巧思是吧。」

達也假裝幫語塞的將輝打圓場，結束鬼門遁甲的話題。達也已經聽黑羽貢說過，只要在近距離下看見對方，鬼門遁甲就沒有效果，所以討論如何癱瘓這個術式沒什麼意義。

「先不提如何應付鬼門遁甲，討論一下今天的事吧。一条出手相助的那場戰鬥，我覺得是藏匿周公瑾的古式魔法師結社『傳統派』誤以為幹比古派出的式神是在尋找他們，才會想除掉幹比古等人。」

「達也，不只如此喔。」

達也對將輝說明時，幹比古插嘴說道。

不只是達也，就連將輝也轉頭看向幹比古。當時不在現場的深雪、水波與光宣三人當然也不例外。

「襲擊我們的敵人是忍術師，應該是鞍馬山的術士或原本在那個組織的人，不過中心人物是大陸出身的方術士。周公瑾並不是接受傳統派藏匿。剛開始或許是那樣，但我覺得他現在已經占據傳統派了。」

「不是占據整個傳統派，是部分的傳統派。」

這次輪到幹比古以目光詢問「這是怎麼回事？」。艾莉卡、雷歐與將輝跟著看向達也。

「其實我們這邊也有所進展。要稱之為線索雖然有點薄弱，但已經縮小周公瑾可能潛伏的範圍了。」

幹比古等人還沒表示驚訝，達也就開始說明白天在清水寺參拜步道所遇見的那名傳統派「咒術師」。

「居然有那種結界……該說不愧是繼承古代王城傳統的術士嗎？」

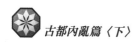

幹比古只關心宇治川的結界，一旁——

「京都市區外的南邊……就是伏見以南，宇治川以北吧。即使是如此，要進行地毯式搜索，範圍還是太大了。」

「再說，那個大叔說的話可以相信嗎？」

將輝與艾莉卡則提出中肯的問題。

「比起漫無目標找遍整個京都輕鬆多了。何況已經知道周公瑾直到上週之前都躲在哪裡了吧？只要調查那裡，不就能證實他的說法是否可以相信了？」

雷歐提出積極的意見，使達也露出善意的苦笑。

「即使能證實周公瑾真的曾經躲在嵐山，也不保證清水寺的古式魔法師那番話是真的。畢竟增加謊言可信度的大原則，就是混入些許事實。」

艾莉卡朝雷歐投以壞心的笑容。

雷歐還沒對此做出反應，達也就繼續說下去。

「不過，我贊成雷歐說要證實周公瑾是否曾經躲在嵐山這個意見。如果是真的，這就可能成為重大的線索；如果是假的，早點釐清也可以將混亂降到最小。」

「那麼哥哥，目前方針是明天大家一起前往嵐山嗎？」

說來意外，達也居然搖頭回應深雪的詢問。

「大家一起去太引人注目，而且也不能疏於確保競賽的安全。麻煩幹比古、艾莉卡與雷歐和今天一樣，調查會場周邊是否有可疑人物，以及是否有罪犯或恐怖分子可以藏身的地方。」

「……我知道了，達也。」

幹比古看起來不像是完全接受這個提案，但他身為第一高中的風紀委員長，確實不能疏於確保論文競賽參賽學生的安全。

「關於這次的襲擊，我家應該已經向鞍馬山那邊提出抗議，也告知有交情的京都各派了。無論這次的事件是鞍馬山的指使還是少數人的獨斷行徑，我想都可以成為今後的牽制。」

「說起來，當時究竟是什麼狀況？」

還沒聽過遇襲細節的達也，提出有點慢半拍的詢問。

「這麼說來，我還沒詳細說明。」

幹比古大概也忘記自己原本要說，露出「糟了」的表情。

幹比古不時向艾莉卡與雷歐確認，同時說明他們遭受忍術師襲擊，後來因為操作傀儡的大陸古式魔法而陷入危機，將輝於此時出面相助的來龍去脈。

「……製作水的哥雷姆用上了咬破人體皮膚流的血？依照你的說法推測，感覺忍術師也是被那個方術士騙了。」

光宣立刻附和達也提出的疑問。

「我也這麼認為。雖然我對吉田先生這麼說應該是班門弄斧，不過血對於古式魔法師來說，尤其具備重要的意義。即使已經將他們收入旗下，我也不認為他們會輕易答應方術師利用血製作使魔。」

「那就簡單了。」

將輝於此時插嘴。

「清水的咒術師說，鞍馬的古式魔法師成了大陸魔法師的手下。不過如果他們不是屈服於力量，而是被欺騙，那麼就只要讓他們知道自己被騙的事實就好。或許沒辦法拉攏他們成為自己人，但應該可以阻止他們和我們敵對。」

達也同意將輝的提議。

「騷動程度越大，對於周公瑾來說，逃亡的機會就越多。我認為將混亂控制到最小，有助於摧毀敵人的計畫。」

「要是演變成去年那樣的大騷動就是我們輸，勝利條件是防範於未然嗎？」

將輝也以詢問的形式附和達也。

「要是九島家能出動就好了，但是只有我一個人還好，如果『九』的各家系大舉進入京都，不只會刺激到傳統派，也可能刺激到古式魔法師的各個派系。」

「說得也是。這樣會讓傳統派有藉口可用，最好別這樣。」

光宣以遺憾的語氣說完，深雪便支持他的判斷安慰他。

「只要吉田家出動的話，就足以牽制傳統派了吧。即使我們做得再多，會作亂的傢伙就是會作亂。」

達也看向幹比古，幹比古點頭回應。

「說得也是……我知道了。那我們就和今天一樣調查競賽會場周邊吧，家裡那邊我也會叮嚀一下。」

「那我該怎麼做？」

將輝如此詢問達也。達也並沒有立場指揮將輝，所以將輝詢問「該怎麼做」，他也只能說「隨便你」。不過達也當然也知道，要是真的講這種話會吵起來。

而且看將輝不時窺向深雪的視線，就能明白他究竟想怎麼做。

「要是一条同學願意和我們同行，那就太可靠了。」

深雪搶先哥哥如此回答。她認為主動要求同行比較能完美收場——她並不是覺得這樣比較能提升將輝的幹勁。應該是如此。

「好的，請交給我吧！」

不過，明天的行動方針也因而就此底定。

隔天十月二十一日星期日，這天預定繼續兵分兩路調查。不過同伴們得知真正目的之後，變得比昨天更有幹勁。尤其是幹比古。

達也、深雪、水波、光宣加上將輝共五人前往嵐山，幹比古、艾莉卡、雷歐三人前往論文競賽會場所在的寶池、松崎區域。八人預定一大早就從飯店出發。

然而，發生了意料之外的事。

「……達也，對不起。」

光宣在床上哽咽道歉。他今天早上突然發燒，這樣的身體狀況無法外出調查。

「別在意。這不是光宣的錯。」

「可是……我覺得自己好丟臉。」

聽到達也的安慰，光宣反而難受地拉下表情。

「光宣，別自責。你已經做得很好了。」

現在這個房間裡只有達也與光宣。除了某人，其他成員都在飯店門廳等候。

「我之前就聽說你容易生病。這不是你的錯，而且我是在知道有這個可能性的情形下，請你幫忙。」

光宣將目光移開達也身上。

「你幫了很多忙。昨天也是，如果沒有光宣，應該就見不到那位咒術師了吧。」

「……是嗎？」

光宣仍把頭撇向一邊，以軟弱的聲音詢問。

「我由衷這麼認為。」

光宣戰戰兢兢地將視線移回達也身上。

達也的表情一如往常地冷淡，即使講客套話，都無法形容為充滿慈愛的笑容。但他臉上也沒有假惺惺的客套笑容。如果誠實的意思是毫無虛假的正經，那麼達也的眼神正是誠實。

「你充分協助了我們，而且將來有必要的時候，應該還會再找你幫忙。為了那個時候，你就別逞強了。」

「我還是……達也的同伴嗎？」

「反正今天也不會找到周公瑾的藏身之處。『到時候』會需要你的力量，所以你今天先好好休息吧。」

「……我知道了。」

光宣露出虛弱的微笑。雖然看起來一樣消沉，卻沒有自責的感覺了。

「我會留下水波。別看她那樣，她其實什麼家事都會。而且水波和你一樣樂於受人依賴。所以即使是小事也別客氣，儘管拜託她。」

光宣露出難為情的表情，臉也基於發燒以外的原因變紅。大概是樂於受人依賴的個性被達也看透，感到不好意思吧。

「行李就放在這裡，還麻煩幫我們顧著。」

這代表達也即使完成調查，也不會直接返回東京，而是先回這裡一趟。

「請交給我吧。」

光宣理解到達也這份笨拙的溫柔，露出微笑。

走出房間的達也，向獨自在走廊待命的水波開口。

「就拜託妳照顧他了。抱歉，硬塞給妳這種工作。」

「請不要說硬塞，我知道這是我的職責。光宣大人請交給我照料吧。」

達也點頭回應鞠躬的水波，然後動身前往深雪與朋友們等待的門廳。

水波目送達也直到他的背影消失，接著便輕敲光宣休息房間的門。

水波不等回應，就以達也交給她的電子鑰匙開門。她刻意這麼做，以免吵醒病人。

關上外門，拉開裡面的紙拉門一看，就看見光宣正要從被褥起身。水波靜靜跑過去坐下，溫柔按著他的雙肩，讓他躺回去。

「光宣大人，請不用在意我。要是您這麼做，由我照顧您就沒意義了。」

如同責備光宣的這種說法，是刻意扮黑臉不讓他逞強。可惜水波再怎麼努力也扮不了黑臉，但是光宣依然沒誤會水波真正的意思。

「我知道了。我會乖乖躺著。」

這令水波露出意外的表情。

她很有教養地併膝坐在光宣枕邊，動也不動地注視光宣。

就這樣經過約三十分鐘後，閉目休息的光宣睜開雙眼，露出不自在的苦笑。

「櫻井小姐，妳這樣目不轉睛地注視我，即使我是男生，也會覺得不好意思。」

光宣擁有此等美貌，應該早就習慣被別人注視，不過被人從如此近距離直直看著睡臉，似乎又另當別論了。

「恕我失禮了！」

水波俐落地維持坐姿退後一公尺以上，然後把頭壓低到額頭快要碰到榻榻米，以稍微走音的聲音道歉。

雖然光宣看不見，但她低頭看著榻榻米的臉已染成火紅。

水波自認沒看光宣看到入迷。室內沒有其他能交談的對象，而且她覺得在病人旁邊看影片或看書有失體統，所以只是放空腦袋發呆。

不過，光宣這番話令水波懷疑自己的行為是否真的只是這樣。

光宣說水波一直目不轉睛地注視他。

我真的一直目不轉睛地注視著光宣閉目休息的臉嗎？水波如此自問。

——如果是這樣，那自己又為什麼要這麼做？

水波紅紅的臉蛋越來越通紅。

躺著的光宣也看到水波變紅的耳朵，使他比起不忍心看到水波維持這個近乎跪伏道歉的姿勢，更擔心水波的身體狀況。

「那個……妳沒事吧？」

光宣試圖撐起身體。

「我沒事！請繼續躺著休息吧！」

水波不是像剛才那樣伸手輕推，而是以近乎哀號的語氣阻止光宣起身，接著便別過臉起身，匆忙離開房間。

拉門迅速關閉，卻留下一條門縫。

沒傳來外門開關的聲音。

水波離開了。但光宣仍維持著將手伸向她的姿勢，僵住了好一陣子。

◇◇◇

達也這組原本計畫五人行動，但因為光宣身體不適，又讓水波留下來照料他，所以和幹比古那邊一樣是三個人。通勤車基本上是四人座，將輝原本打算騎車跟在後面，但因為剩下三人，所以就一起搭車了。

達也與將輝坐在前座，深雪獨自坐在後座。其實將輝應該想坐深雪旁邊，深雪也肯定想坐達也旁邊，但兩人在這時候都以常識與禮節為優先。

目的地由達也設定。將輝聽昨天的討論以為目的地是嵐山，所以通勤車停下來，達也準備就這樣下車時，他不禁從後方叫住達也。

「司波，不是要去嵐山嗎？」

「依照預定，我要先看一些可能成為線索的東西。」

達也就這麼背對將輝回答，然後在雙腿落地的時候轉過來說：

「接下來麻煩你不要提到周公瑾。」

「……這是祕密嗎？」

「可以的話，我不想連累那個人。」

將輝朝達也投以試探的目光。達也覺得他似乎有所誤會，不過達也認為這是自己導致的，不需要特別做什麼解釋。

在達也等人來到這裡的三分鐘後，他們所等待的人來了。

「達也學弟，抱歉我來晚了。」

「學姊很準時喔。」

達也以這句話安慰走下通勤車之後規矩地跑過來的女大學生。

「咦，深雪學妹？」

「七草學姊，早安。上次沒見到您，所以該向您說聲『好久不見』。」

深雪以笑容回應驚訝的真由美。

「我不知道深雪學妹也會來。」

就如真由美所說，達也沒告知自己不是單獨過來。

不過，真由美顧慮到還有另一個同行者，無法以平時的語氣抱怨。

「你是一条將輝學弟吧？雖然我們不是初次見面，但我還是稍微做個自我介紹吧。我是七草真由美。」

真由美收起在達也面前展現的奔放舉止，戴上十師族七草家千金的面具。

「我記得曾經見過您。我是一条將輝。」

將輝有些緊張地報出姓名回應。如兩人所說，真由美與將輝確實不是初次見面，但這其實是睽違近四年的交談，而且也才第二次像這樣直接見面。彼此在魔法師世界都是名人，所以不會不認識對方。然而如果不是如此，仍記得彼此反倒是件不可思議的事。兩人就是這樣的緣分。

「對不起，一条學弟……達也學弟，來一下。」

真由美以漂亮的客套笑容致意之後離開將輝，以右手纏住達也左手（怎麼看都沒有撒嬌的意圖）拉走他。離開約兩公尺之後，真由美開始輕聲質詢達也。

「達也學弟，你為什麼沒說深雪學妹會一起來？」

達也裝出驚訝的表情。

「因為我覺得沒必要刻意說。學姊認為我會扔下深雪，自己來京都嗎？」

真由美想反駁，臉上卻露出放棄的意圖。

「說得也是……深雪學妹不會讓達也一個人來。」

真由美無奈地搔頭之後停下動作，表情突然變得嚴肅。她的視線固定在將輝身上。

「那，一条學弟為什麼會一起來？」

「這是巧合。昨天吉田他們在論文競賽會場周邊預先調查，就撞見了基於同樣目的來京都的一条。他打算巡視會場周邊以外的地方是否也有可疑人物出沒，所以我帶他過來當護衛。」
「原來吉田學弟他們也來了……啊，這麼說來，我記得他成為風紀委員長了呢。」
「虧學姊知道呢。」
達也不是要轉移話題，而是由衷覺得「學姊明明畢業了居然這麼清楚」，不過他卻被真由美投以「我可不會讓你敷衍過去喔」的目光。從這裡就能看出真由美對達也平常行徑的信任度。
「那，一条學弟也知道我來的用意嗎？」
「學姊沒許可，我不會擅自講出去的。」
真由美眼中的質疑神色越來越強烈。
達也也察覺她目光中的意思，但不會對這種事情感到惶恐。
「所以學姊，我方便向一条說明狀況嗎？我認為他很可靠。」
達也朝真由美露出騙徒般的笑容。
真由美嘆出長長的一口氣。
「對一条家的繼承人頤指氣使……沒問題嗎？」
「沒有頤指氣使。再說，那傢伙也不是那麼可愛的貨色。」
達也以感到意外的語氣回應，使真由美輕聲一笑。
「好吧。他願意幫忙，我也覺得很感謝。」

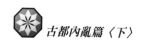

真由美或許覺得終於拿下一勝了吧。她一掃壞心情，准許達也向將輝說明來龍去脈。

四人在帶路的刑警引導之下，進入警察局裡的證物保管室。

將輝得知是要尋找殺害名倉的凶手後，就表現出積極到令人意外的態度。看來真由美為了幫隨扈報仇而隻身出面調查（他是這麼解釋的），令他深感共鳴。真由美身為十師族的本家，卻沒把部下當道具，反倒注入了此等情感的這一面（他是這麼解釋的），似乎觸動了將輝的心弦。

分散目的原本不是好事。俗話說「貪心兩頭空」，這是很精準的箴言。不過達也有種預感。不是藉由證據推理，而是沒有根據的推測，所以是「預感」。

——周公瑾就是殺害名倉三郎的凶手——

達也如此認為。所以即使將輝因為真由美而激發了騎士道精神，也不會違背達也的目的。因此也沒有任何不便之處。

刑警在達也思考這件事的時候，將名倉的遺物拿到桌上。

「這是名倉先生穿的衣服。至於CAD，很遺憾……」

「我們知道。不好意思。」

名倉的CAD依照弘一的意思，存放在七草家的保管庫。CAD不只裝滿了魔工師調校時的技術與訣竅，分析這些資料也能得知擁有這把CAD的魔法師如何「使用魔法」，是一種優秀的教材。一般來說，魔法師都不想將ＣＡＤ交給外人。

不過，弘一回收名倉的ＣＡＤ，令真由美抱持罪惡感。既然可以藉由分析ＣＡＤ大略得知戰鬥方式，就表示也能推測使用者在最近的戰鬥中使用了何種魔法。查出這一點就可以知道案發當時的樣子，也可以推測凶手受了哪種傷。這麼一來，或許就能利用詢問醫院是否有傷患治療過那種傷來鎖定凶手。弘一這種態度，以魔法師來說或許是理所當然，卻稱不上配合警方。不對，那可說是明顯不配合的態度。

「不好意思，刑警先生，這些血是？」

達也問完，刑警遺憾地搖頭。

「很遺憾，都是被害者的血跡。」

以現代的科學辦案技術，要徹底調查衣服血跡的ＤＮＡ雖然不簡單，卻不是不可能。調查被害者的衣服是否殘留凶手的體液，是調查命案時一定會做的基本程序。

「從名倉先生的屍體來看，他的腹部被人從後方貫穿，胸口皮膚與肌肉從身體內側炸開，心臟也破裂了。」

這就是報導為「離奇死亡」的原因。

不過新聞沒有報導得這麼詳細。這個情報是真由美告訴達也的。

「從內側炸開……？」

將輝以深感質疑的語調低語。

「簡直像是『爆裂』呢。」

「司波，不是的！一条家絕對沒有涉案！」

內心浮現的困惑被輕易看穿，令將輝因而反應過度。

他在密閉的室內大喊，使得真由美微微板起臉。

而達也也不是當真懷疑一条家涉案。

「不過，自然現象不可能造成胸口從內側破裂，再說，居然能將活人……而且是魔法師的體液操縱到令人體爆開，我認為這種魔法的使用者不是隨處都有。」

達也這番話是在整理當下狀況。

「這……」

——但他講得太犀利了。

「一条家的『爆裂』不是那麼簡單的魔法吧？」

「那當然！啊，不，可是……」

「你冷靜一點。我是說『簡直像是爆裂』，沒說凶手真的使用『爆裂』，更不認為一条家的魔法師涉案。」

將輝會微微臉紅，應該是自覺亂了分寸，感到難為情吧。這傢伙或許意外地不太擅長應付預料之外的事——達也見狀如此心想。

「以魔法干涉他人的體內很難，不過如果是自己的身體，難度就不高。例如自我加速就是比較普遍的術式。」

真由美於此時插嘴。

「達也學弟認為名倉先生是自爆……也就是自殺？」

真由美戰戰兢兢地詢問，但達也搖頭回應。

「即使是自爆，也應該不是自殺吧。」

「哥哥是認為名倉先生自覺受到致命傷，所以才會自爆對吧？」

達也朝待在一旁的深雪點頭。

接著他的目光又移回真由美身上。

「心臟之所以破裂，應該是使用了某種攻擊魔法吧。」

「意思是，從背後被貫穿腹部的被害者認定自己受到致命傷，為了同歸於盡才使用了這個魔法嗎？」

「學姊，名倉先生是否擅長把液體當作武器的魔法？」

達也沒回答將輝的問題，而是如此詢問真由美。

「……對不起。名倉先生大多不讓我看他使用魔法。」

但真由美沒能回答這個問題。

「這樣啊。」

達也的語氣裡沒有失望。

但是真由美聽到他這樣回應，臉上浮現慌張的神色。

「啊，但我第一次見到他的時候，好像聽他說過。等我一下。」

真由美雙手抱胸，頻頻發出「唔～」的聲音思索。

（該怎麼說……真像漫畫裡的人物呢。）

達也思考著這種或許很失禮的事，而真由美則在他面前握起拳頭，輕敲手心。

「對對對，我想起來了！名倉先生說他擅長化水為針灑向對方的魔法！」

將輝蹙起眉頭詢問。

「化水為針……？要怎麼做？那麼做又有什麼效果？」

「雖然不知道他是怎麼做到的，不過既然是針，應該可以貫穿物體吧。即使是水針，也只要運用聚合系的術式，就可以確保這種魔法的貫穿力達到實用武器的等級。」

將輝隨口提出的疑問得到索然無味的回答，使他差點露出不高興的表情。但他在那之前想起了深雪也在這裡。

「……這麼說來，被害者是以自己的血化為針發射嗎？」

「真的是以生命為代價的反擊啊……」

達也以精靈之眼看向名倉遺留的衣服所沾的血，記憶上面的情報。

「司波，你在做什麼？」

「我在想腹部傷口或許會留下魔法性質的痕跡。」

「原來如此……」

不只是將輝，連真由美也被達也煞有其事的謊言欺騙，一起定睛注視。實際使用的不是五官知覺而是魔法知覺，不過「看」這個行為最能引導魔法知覺的方向。

「唔……看不出什麼呢。」

真由美垂頭喪氣地說出內心的失望，將輝也朝上方嘆了一大口氣。

「是啊。雖然感覺得到類似痕跡的東西，但是太模糊了，採取不到有意義的樣本……司波，你看出什麼了嗎？」

「我也沒讀取到可以鎖定對方身分的情報。不過這個傷恐怕是幻獸造成的。」

「幻獸？」

「哥哥，幻獸是什麼？」

真由美與深雪要求達也說明這個陌生的名詞。同時，也看得到剛才帶路的刑警在兩人身後寫筆記。

達也想將解說的工作扔給將輝，但將輝卻默默移開了視線。大概是不知道幻獸是什麼，或是明明知道，卻懶得說明吧。

既然深雪都這麼問了，若將輝知道，他應該會很有精神地說明吧。達也推測將輝大概是湊巧不知道。

「幻獸是一種合成體。合成體這種技術是藉由魔法反射光線，或是對接觸的物體施加壓力，讓不具實體的東西看起來具備實體。不過幻獸不是以反射光線塑造形體，而是以幻術讓敵人看見形體。幻獸會因應打造出來的外型產生不同效果，這一點和合成體相同。」

「合成體是反射物理光線，所以任何人都看得見；幻獸只是以精神干涉系魔法展現，所以只有術士想展現的對象看得見。是這個意思嗎？」

達也以滿意的表情點頭回應深雪的理解。

「沒錯，妳理解得很好。補充一點，要向對方展現幻獸，並不限定於視覺的幻術，聽覺上的幻術也可以讓幻獸的術式成立。」

「等一下，達也學弟。聽你剛才的說法，意思就是要是對方沒認知到幻獸，這個魔法就不成立了？」

「幻獸和合成體的最大差異，在於藉由讓對方以為『有某種東西存在』，就能提高幻術強度這一點。」

真由美以一副無法釋懷的表情繼續反駁。

「既然這樣，從背後遭受攻擊不是很奇怪嗎？以名倉先生的實力，要是有聲音，他就會轉身注意。無論是形體或聲音，只要感覺得到幻獸位於後方，應該就不會從背後被貫穿才對。」

「並不需要讓對方認知到幻獸的位置。」

「什麼意思……？」

「以幻獸來說，反倒是避免讓對方清楚認知到比較好。幻獸是原本不存在的東西，要是清楚看見形體，就會知道那不是存在於現實的東西。覺得某種東西存在的不安，以及不知道這個東西在哪裡的模糊認知，使得本應不存在的幻獸深深固定為一種現象。」

「……我聽不太懂。」

「不好意思，我講得太拐彎抹角了嗎？簡單來說，就是先展現一顆棄子，讓對方認為有一個具備動物外型的魔法力場襲擊而來，再以此為踏腳台施展強力術式。一開始展現的棋子只是普通的合成體也無妨。」

「意思是如果提防對方的魔法，就會增強對方的力量……？」

「要是理解到對方是用什麼伎倆，效果就會減半。請學姊讓我看遺物是對的。」

達也微微低頭致謝。

真由美不知道該如何反應，感到不知所措。

四人共乘一輛通勤車前往嵐山（真由美搭的通勤車已經解除租約，應該已經以無人駕駛功能前往下一個使用者身邊了）。

達也與將輝坐在前座，深雪與真由美坐在後座。

通勤車一起步，將輝就向達也開口。

「司波，剛才你說的幻獸……」

達也與深雪並不會搞錯將輝搭話的對象。將輝總是直接稱呼達也「司波」，對深雪則是「司波同學」。

「和我們昨天遭遇的『傀儡式鬼』又是不一樣的東西嗎？」

「『傀儡式鬼』還真是個讓人聽了不太習慣的稱呼呢。」

達也坐在前座右側，不過通勤車是自動行進，他不需要駕駛，所以轉頭看旁邊也完全不會有問題。

「『哥雷姆』這個稱呼比較普遍。聽這個名稱，應該就知道兩者差異了吧？」

「一条同學、哥哥，抱歉我插個話。」

深雪從後座微微探出上半身。雖然這麼說，但她也不會做出抓住前座椅背，或是把頭探過椅背的沒教養舉動。

「哥哥，關於哥雷姆，我也幾乎只聽過名稱，方便簡單告訴我是什麼東西嗎？」

達也只在瞬間露出疑惑表情。對於基督教圈與猶太系的古式魔法師來說，「哥雷姆」是非常普遍的攻擊手段。深雪接受的教育也有考慮到可能和外國魔法師交手，不可能「只聽過名稱」。

不過，達也看見妹妹的目光瞥向將輝，便察覺了她的真正用意。雖然不免覺得她貼心過頭，卻也不願意枉費這份貼心。達也開始進行有些詳細的哥雷姆講解。這段講解與其說是為了深雪，應該說是為了將輝。

「『哥雷姆』是將數個元件連結而成的生物，或是在仿造傳說怪物的人偶中植入預先構築行為模式的獨立情報體，再藉由聚合系魔法連續改變各元件的相對位置，來重現所模仿生物動作的魔法機器人。」

「比方說以石材製作巨石兵哥雷姆，這種哥雷姆乍看像是沒有關節的堅硬石塊做出人類動作，但實際上關節部位並沒有真正連結，只是使用和硬化魔法相同的原理固定相對位置。總歸來說，就只是將身體各元件堆疊成形罷了。」

「哥雷姆是以實體材料製作的。可能是木材這種有機物，或石材這種無機物，也可能是水這種不定形物。合成體或幻獸是以不具實體的力場偽造成它彷彿真實存在，哥雷姆卻具備實體。這就是兩者之間的關鍵差異。」

「要驅動哥雷姆，就必須植入預先構築行為模式的獨立情報體。沒有持續投射植入用的魔法式，哥雷姆就不會動作。哥雷姆在魔法式失效時，就不再是哥雷姆。如果材料是水這種不定形物的話，就會在失效的瞬間崩毀。」

「如果材料是木材或石材，大多會使用刻印魔法技術作為固定魔法式的手段。而如果材料是水這種不定形物，就是將具備魔法發訊機功能的物體混入不定形物，魔法師再以該物體為目標持續投射魔法式更新。以昨天的狀況來說，首先出現的小型哥雷姆，是始終不更新魔法式，只能使用一次的傀儡，推測術士是使用它們搶奪忍術師的血作為發訊機使用。」

「血在現代魔法成立之前，就被視為具備魔法層面的重要意義。古式魔法將血視為效果良好的供品，也有許多魔法以血為媒介。從現代魔法的觀點來看，血液循環於包含大腦的全身，和生命的維持息息相關，即使只是一滴血內含的個別情報體，也是詳細記錄持有者資料的高密度想子情報體，因此堪稱非常適合當成投射魔法式的目標物。」

「……總歸來說，幻獸或合成體和哥雷姆的差別就在於是否具備實體對吧？」

真由美大概是差不多開始嫌煩了，真的只以一句話精簡統整了達也的說明。

「聽你剛才的說明，我覺得哥雷姆因為具備實體，所以比較好應付。」

達也輕輕搖頭回應將輝的意見。

「無論是合成體還是幻獸，刻意多費工夫賦予生物的形體，就是種效率差的魔法使用方式。如果沒有以咒物當核心，用魔法力集中於狹小範圍的領域干涉就足以消除；如果是以咒物強化虛像，也只要破壞其核心就好；或者單純破壞塑造虛像的力場也行。如果是產生物理作用的力場，就能以物理作用破壞。」

正當他們聊著這樣的話題時（幾乎都是達也在說話），通勤車已逐漸接近目的地。

◇◇◇

水波在熟睡的光宣身旁安靜看書。

光宣除了稍微發燒外，身體狀況很穩定。在飯店沒有必須處理的家事，也沒必要搶著做飯或泡茶。水波久違地沉浸在悠閒的心情當中。

和認識沒多久的年輕男性（應該說年齡相近的男生）共處一室，而且對方極度俊美，個性也無從挑剔。那為什麼自己可以如此放鬆？水波不經意感到疑問。

應該不是因為已經習慣和深雪相處。水波是女性，深雪也是女性（但水波有時候無法這麼認為），光宣則是異性，感受應該不一樣才對。

而且不論是上次前往奈良的時候或是昨天，她一接近光宣就真的會心跳加速。她知道自己在緊張。絕對不是因為光宣是「九島家的後代」，應該是因為光宣是年齡相仿的異性。因為光宣和達也不同，是「男生」。

光宣的魔法實力不只高明，而是駭人。或許匹敵四葉家的最佳傑作——深雪。至於外表的非凡程度，事到如今無須多說。

但水波不知為何覺得有種親切感。覺得光宣在某方面和她是「同類」。她自覺受到光宣吸引，特別注意光宣，因而緊張起來。

水波以雙手按住火熱的臉頰。因為妄想而臉紅實在是太令人難為情了。她站起身，想洗臉冷靜一下。

但她立刻恢復原本的狀態。不是繼續看書，而是恢復在光宣枕邊照顧他的狀態。因為光宣的呼吸突然變亂。

他難受地吐氣，吐出的氣息又細又急促。伸手按他的額頭，就發現很燙。水波連忙想去櫃檯叫醫生，手卻停在半空中。

光宣是九島家的直系，前第九研「成品」血統的直屬繼承人。可以讓「普通的」醫生幫他診療嗎？

水波迷惘了。光是自己這種外行人的照料，無法讓光宣的病情好轉。但她也無法判斷是否可以找醫生。

水波靈機一動，想到了解決的方法。

問達也就好了。

水波連忙取出情報終端裝置，開啟語音通訊功能。

◇　◇　◇

達也一下車，就接到水波的電話。

「光宣的狀況不對勁？……這樣啊。妳沒聯絡櫃檯是對的，我來聯絡藤林小姐……嗯，沒問題。其實她預先說過，要是光宣身體出狀況，就聯絡她。她晚點應該會去飯店，妳就先用一般的方法照顧光宣吧……不，別給他吃藥……嗯，這樣就好。妳一個人應該很辛苦，但是拜託了……嗯，交給妳了。」

深雪在近距離下擔心地抬頭看向結束通話的達也。

達也以目光制止深雪，接著撥打登錄在終端裝置的通話號碼。

「藤林小姐嗎？我是司波。其實光宣身體不適，照顧他的水波說他呼吸很難受……在ＣＲ飯店的×××號房……拜託了。」

「剛才那是響子小姐？」

真由美在一旁詢問，語氣同樣很擔心。

「光宣的身體狀況惡化了？」

達也默默點頭回應妹妹的詢問。

「司波，不回去沒關係嗎？」

將輝以正經表情詢問。明明昨天才認識，他卻由衷關心光宣的樣子。

「我聯絡家屬了，大約一小時就會抵達飯店。」

「突然生病？響子小姐的家屬？」

真由美沒見過光宣。

「是九島家的么子。基於一些緣分，我請他幫忙在京都帶路。」

「九島家的么子……是那位光宣嗎？記得他身體很虛弱啊。」

真由美知道光宣，令達也略感意外。不愧是十師族中號稱人面最廣的七草家長女。

但她似乎也不知道光宣真正的體質。她似乎從「體弱多病」這個情報，想像光宣是五輪澪那樣的體質。真由美和澪來往甚密，聽到「體弱多病」，難免會聯想到澪。

「雖然多病，但似乎不是體弱。我不是醫生，所以不知道詳情，不過感覺像是魔法力太強，對身體造成過度負擔。」

「……有這種事？」

真由美半信半疑地歪過腦袋，但深雪似乎想到了某些事，露出恍然大悟的表情。

「總之，藤林小姐趕過去了，我們就按照預定去調查吧。」

真由美也認識藤林。在去年橫濱事件之前，七草家和藤林家就有往來。當然，她也知道藤林響子和九島家的關係。

反觀將輝，他就不認識藤林了。但他似乎知道不要無謂追究，完全沒插嘴。

名倉當時被人發現陳屍在桂川靠近渡月橋的河灘，嵐山公園中之島區域這邊。這裡是桂川即將轉彎流向南方，有小小的沙洲零星分布的地方。

警方的現場蒐證似乎已經結束，達也他們順利進入案發現場。當然，沒有血跡殘留。如果以剛才精靈之眼取得的資料核對，或許可以找到痕跡，但達也不想多此一舉。

「就是這裡嗎？」

「是的。」

真由美點頭回應將輝的詢問。將輝辦案時相當積極。

「看這個流速，應該不會是從上游沖下來的。」

深雪看向達也這麼說。達也覺得妹妹看來不適合當刑警或偵探。

「嗯，應該沒有這個可能性吧。」

達也只有如此回答，沒說是因為這附近似乎有飛濺的血跡。

「司波，你認為這是什麼狀況？是兇手走向站在這裡的被害者名倉先生，還是名倉先生接近先到的凶手？」

「不知道。」

達也立刻回答將輝的問題。

「再怎麼思考，也得不出結論吧。再說，我們甚至不知道名倉先生是和凶手約在這裡見面，還是名倉先生單方面遭凶手襲擊。」

「……確實。」

將輝沒有表示不必要的反彈，同意達也的意見。

「哥哥，接下來要怎麼做？」

深雪問完，達也看向真由美。

「我想調查一下周邊，不介意吧？」

這個唐突的要求，似乎令真由美有點驚訝。

「好的，畢竟是我找你陪同我來，如果你有什麼想法，我會照你說的做。」

不過她如此說完後，便點頭答應了。

達也不是待在桂川這一側，而是越過渡月橋前往上游。雖然這麼說，但他沒也走到保津峽那麼上游的地方，而是更前面的嵐山公園龜山地區，並爬上小倉山東南方的丘陵。

達也前往的地方，是先前在清水寺參拜道路豆腐餐廳見到的古式魔法師提供的地點，也就是周公瑾曾經躲藏的場所。他沒將這件事告訴真由美，但真由美毫無怨言地跟著他走。

秋意已濃，所以真由美也穿得挺厚的，腳上也不是涼鞋。但她和褲裝加運動鞋的深雪不同，是下襬寬鬆的長裙加有跟的樂福鞋。她不是穿細跟包鞋過來，堪稱是理解了此行需要做些什麼，卻還是不適合在經常起伏的遊山路線行走。

這使得四人的腳步必然變得緩慢。

爬上公園的山坡後，馬上就看見一塊寫著「竹林之道」的導覽板。達也毫不猶豫地按照指示走。如此果斷使得真由美感到不太對勁。

「那個，達也學弟。」

「什麼事？我走得有點太快了嗎？」

達也聽到真由美叫他而停下腳步。將輝與深雪也一起停下。

「不是……」

真由美聽達也這麼說，才發現自己挺喘的。達也與將輝不累還能理解，但是連深雪的呼吸也一絲不亂，使她有種無法言喻的沒天理感。但她裝作若無其事，沒展露內心的想法。真由美在這方面頗為倔強。

「達也學弟，難道你知道該去哪裡嗎？看你從剛才就沒有猶豫要往哪裡走……」

達也聽到指摘，才察覺自己的態度不太自然。真由美說得確實沒錯。是自己的行徑引她起疑，繼續隱瞞不是上策。即使如此，達也還是有些猶豫是否該將真由美捲進這場風波。雖說同樣是十師族的直系，但光宣從一開始就是相關人士，將輝平常和達也沒有交集，所以把他拖下水也不會有什麼後續問題。然而真由美是交情還算親近的對象，要是達也將她捲入自己的私事害她受傷，感覺事情會變得非常棘手。雖然應該不會有這種狀況，不過若她說出「你要負責」這種話，可能會落得必須找不想欠人情的對象幫忙。達也想始終維持「是我在協助真由美」的立場。

要用什麼說法掩飾？

他煩惱片刻。

之所以只有片刻，是因為不需要煩惱太久。

「哥哥！」

深雪展開領域干涉。

朝他們射來的鬼火，被深雪的對抗魔法吞沒了。古式魔法的「鬼火」不是物理火焰，是為接觸的物體點火的可視化魔法，無法突破深雪的領域干涉。

對方大概明白這一點，接著以風刃攻擊，但是結果一樣。無論是真空刃還是壓縮空氣刃，都必須持續讓維持風刃狀態的魔法產生作用，所以在強力的領域干涉之下就會消散。

「一条！」

「交給我吧！」

達也在前，將輝在後。兩人立刻將深雪與真由美夾在中間保護。

細繩從兩側竹林伸向深雪。是以藍、紅、白、黑、黃五色編成的繩子。

達也在繩子碰到深雪前抓住。

繩子傳來類似演算干擾的雜訊。

（是密教系古式魔法師使用的羂索嗎？）

這種技術不像演算干擾那樣在空間散布想子雜訊妨礙魔法發動，是以這條繩子纏住對方，直接從繩子注入雜訊，以有效封鎖對方發動魔法。

達也沒分解羂索本身，只分解傳送過來的雜訊，然後將雙手抓住的繩子用力拉。

達也力氣雖然大，卻也不是擁有超乎常人的怪力，原本不足以兩手同時拉兩個人出來。但是對方因為自己的魔法被料想不到的方法破解而愣住，於是達也便趁機將他們拖出藏身處。

達也這邊也有疏失。他後知後覺地發現其他人影消失，恐怕是架設了結界，避免自己被觸及吧。對方不是將達也他們包入結界，而是在道路前後設下禁止入侵的護壁驅趕閒人。

但是對於達也等人來說，不用在意他人的目光也方便多了。

伸向將輝與真由美的羂索，被將輝捲起的強風給推了回去。

風本身就是魔法的結果，所以魔法式不會被妨礙魔法發動的羂索影響。

竹林一陣喧囂，竹葉在風中飛舞。

真由美施展了魔法。這是她拿手魔法「魔彈射手」的原形，使乾冰冰雹從天而降的魔法「乾冰雹暴」。

空氣中的二氧化碳濃度是三百五十ｐｐｍ至四百ｐｐｍ，萬分之三至四。看似隨處存在，其實含量極少。不過這個數字也具備另一個意義。也就是即使只計算對流層（一萬公尺）以下的二氧化碳，其量也足以在一大氣壓之下形成約兩公尺厚的氣層。

空氣成分均勻分布在大氣之中，若是以魔法讓分布失衡，世界（也可以說「自然界」）會產生修正作用。將特定的氣體成分——這時候是二氧化碳，聚集到某個小區域，周圍的二氧化碳濃度就會降低。而世界為了修正這一點，會將氣體分子連鎖調換，在不產生氣流的狀態下將二氧化碳分子送進濃度降低的區域。

「以魔法製作乾冰」的二氧化碳聚合程序，微觀來看是氣體分子以超越音速的運動速度連鎖調換，不過這個現象耐人尋味的地方，在於主導事象改變的魔法師並未介入大氣等級的宏觀氣體分子組成變化。也就是只是「單方面」將乾冰原料二氧化碳聚合至極小區域，世界就會自動為了消除魔法改變事象的影響調度原料。

由此種方法製作的乾冰冰雹灑向竹林。其速度是音速遠遠比不上的時速五百至六百公里。冰彈也比鉛彈輕得多，但是以魔法壓縮的冰彈以這種速度射出，足以貫穿人類的皮肉。

六名男性慌張地從竹林裡滾出來。看他們沒受重傷，應該是以魔法防禦了乾冰子彈吧。不過他們的手腳依然有數處流血。

另一方面，被達也拖出來的兩個魔法師，則立刻成了寒流下的犧牲品。深雪的魔法不是凍結身體，是同時降低身體裡外的體溫，使人進入冬眠狀態。為了這個抗拒殺人的妹妹，達也費盡苦心地在這個魔法的啟動式裡加入限制威力的記述。

達也揮舞手刀，分解魔法也配合這個動作水平射出。他這次沒有帶銀鏃過來，相對的，他雙手戴著手鐲形態的特化型ＣＡＤ。手鐲內建數根輔助瞄準的天線連動，藉以彌補比槍身短的瞄準輔助功能。

輸入指令是透過掛在胸口的完全思考操作型ＣＡＤ。這是他為了空手施展魔法，而摸索研究出來的新做法。

不過如果是這個距離，達也不只不需要瞄準輔助功能，甚至不用ＣＡＤ就能精準使用分解魔法。正如他的計畫，蹲著的想子人影周圍的竹子，在幾乎緊貼頭頂的高度被砍斷。雖然可能對觀光地造成打擊，但達也決定視而不見。

受到這個不明威嚇攻擊的傳統派魔法師就無法視而不見了。他們知道剛才的攻擊是故意失手。面對這樣的廣範圍攻擊，躲起來也沒有意義。

不知道是下定決心還是自暴自棄，有四個人走出了竹林。加上最先解決的兩人以及後方的六人，總共十二人，比起達也察覺有人暗算後掃描的人數少一人。

「一条！」

「這邊交給我吧！」

達也也很清楚將輝的實力。雖然打從一開始就不擔心，但看來果然沒問題。達也決定先解決面前的四人。

六名魔法師在將輝面前結印。將輝知道對方是密教系的古式魔法師，所以不會對他們的預備動作感到困惑。

身後傳來有啟動式展開的感覺。是真由美正準備發動魔法。

將輝也非常清楚真由美的實力。

十師族七草家的長女。勁敵兼第一高中的前學生會長，遠距離精密射擊魔法的天才。

但是將輝不打算讓真由美戰鬥。

剛才的乾冰雹暴，將輝光看就知道那個魔法有刻意壓低威力。

手下留情的結果就是沒能剝奪對手的戰力。雖然成功逼出敵人，不過就將輝看來，只是對方太蠢了。

又或者是不習慣戰鬥。古式魔法師在現代魔法師的面前現身，堪稱下策。

古式魔法的速度不如現代魔法。

這是難以撼動的事實。

聽說密教系的古式魔法師不肯承認這個事實，正拚命研發速度匹敵現代魔法的發動技術。密教系魔法原本就有叫作「一字咒」的高速化技術，耳聞他們正在研發這種技術的進化形。

然而即使如此，仍然不可能超越現代魔法的速度。因為現代魔法是融合超能力與魔法創造出來的極速化魔法。

將輝如此認為。

然而……

「憾（ham）！」

將輝以愛用的手槍形態ＣＡＤ瞄準的同時，古式魔法師也喊出了這個字。

緊接著，將輝的魔法還沒發動，術士們的右手就同時起火。

「什麼！」

「這是什麼！」

不像是幻影。不，不是幻影。男性們的寬鬆衣服率先燃燒，右手肘以下早已炭化變黑，蛋白質燒焦的難聞臭味刺激著將輝與真由美的鼻腔。

「嗚……！」

真由美摀住嘴。看來這股味道比這幅光景更令她想吐。

將輝驚愕到忘記扣下ＣＡＤ扳機，凝視著這幅光景。

直到持續燃燒的右手出現一把火焰劍。

火焰的形狀，就像捲動的火焰如龍般纏繞在一把雙刃直劍上。

如果幹比古在現場，肯定會這樣稱呼這把劍。

「俱利伽羅劍」。

兩名男性架起劍衝過來。

將輝一邊疑惑為何不是四人一起上，一邊將右手紅色手槍形態的特化型ＣＡＤ往上拋，以右手操作左手腕的泛用型ＣＡＤ，在對方行進路線上設下反轉動能方向的護壁。

然而，古式魔法師將火焰劍隨手一揮，就劃破了這道護壁。

俱利伽羅劍是降魔的利劍，斬「魔」之劍。他們可能是根據這個傳說給火焰劍賦予了特殊能力，使其可以斬斷以魔法改寫的事象。

「怎麼可能！」

將輝感受到護壁消散，不禁放聲大喊。

火焰劍在他面前高舉。

突然從側邊吹來的強風襲擊兩名術士，使他們失去平衡。

「一条學弟，魔法會被砍掉！」

即使語意不夠充分，將輝仍理解了真由美這句警告的意思。剛才突然吹起的強風，是改寫事象引發的自然現象。那不是魔法本身，是魔法結果造成的現象。這種狀況，就不在那把火焰劍的效果範圍內。

紅色ＣＡＤ落下，將輝以右手抓住握把。

操作啟動式的轉換器，將手指扣上扳機。

右手變得很細（大概是快被燒斷了吧）的六名術士高舉火焰劍。這次是一起殺過來。

仔細一看，他們臉上都掛著痛苦的表情。

將輝理解到這個術式不是當事人自願使用的。

——這些魔法師也是傀儡。

——不是以絲線操縱四肢，而是以魔法操縱意志的人偶。

將輝將紅色ＣＡＤ瞄準殺過來的六具人肉傀儡。

——直接作用的魔法會被砍掉？

——我的「爆裂」可不是那麼粗劣的魔法。

將輝連扣扳機六次。

傀儡們將火焰劍擋在身前。那大概是魔法性質的防禦架式。

到最後，將輝與真由美都不知道那是什麼。

因為那架式毫無意義。

淪落為人肉傀儡的古式魔法師的腿——

爆開了。

綻放出紅色的花朵。

包含氣化血漿的紅血球從破裂的皮膚噴濺出來，在空中形成花朵。

將輝已經學會調整「爆裂」範圍，不下殺手就癱瘓對方的技術。

緊接著，下一個魔法師的一條腿爆開了。

爆開。

爆開爆開爆開。

六朵紅花綻放，然後立刻隨風飛散。

一條腿被殘酷炸飛的六名術士倒地。

六人手中的火焰消失，大概是這股劇痛破解了魔法。

右手臂從手肘以下都炭化了，幾乎燒光。

一條腿的所有血管破裂，肌肉與皮膚炸爛，甚至看得見白骨。

這幅淒慘的光景使得真由美摀住嘴。

之所以沒有真的嘔吐，不曉得是十師族直系的骨氣，還是身為淑女的虛榮。

背對她的將輝臉上，沒有一絲迷惘或後悔。

達也面前也出現相同現象。

四名術士的右手臂著火。

接下來就不一樣了。

他們的手臂瞬間被白色的寒氣覆蓋。

火焰試圖對抗這股寒氣，但寒氣吞噬熱度，燒傷的皮膚逐漸覆蓋上一層冰。

本應燒盡萬魔的火焰，卻屈服於壓倒性的「魔」之力。

不用說，那當然是深雪的魔法。

對於可以凍結精神的深雪來說，要將外部強行施加的魔法式冰凍起來沒什麼難度。

達也指向男性們的腿。

四人的大腿同時噴血。

魔法師們仰躺、翻滾。劇痛成為雜訊，震動操作傀儡的絲線。

這股震動逆向傳導而去。

（在那裡啊。）

達也斜眼看向竹林裡，接著不發聲音地低語。

靈子的亂流搖晃想子之線。

如果是想子波，就無法逃離達也的「眼睛」。

達也右手指向竹林。

左手撥除落在頭上的蜘蛛。

沒有實體的蜘蛛消散的同時，竹林裡也傳出慘叫聲。

「感覺還有點頓。」

達也這句自言自語，是在評論取代銀鏃試用的手鐲形態特化型ＣＡＤ——「銀鐲（Silver torus）」（雖然發音類似，但這並不是指「金牛座」的Taurus，是「圓環」的torus）試製品搭配完全思考操作型ＣＡＤ的手感。

「不過就我看來，哥哥使用得很順手。」

深雪對此述說相反的評價。

兩人完全不擔心倒在眼前的六人以及在竹林中慘叫的人會跑掉。畢竟達也確實捕捉到了痛到昏迷的那個方術士的「存在」，深雪也相信哥哥不可能放掉抓到的獵物。

達也從竹林深處拖出方術士，扔到路面。這名男性年事已高，看起來至少六十歲以上。

方術士因為被粗魯地拖到路上而清醒了。他自己拿長針刺入腰部，似乎是為了阻斷大腿被射穿的痛楚，應該是一種針灸術吧。

方術士只做了這個動作，完全沒有抵抗的樣子。看來他明白要是自己想施展魔法，那種劇痛將會在下一瞬間再次襲來。這令人難以判斷他究竟是灑脫，還是識相。

「達也學弟、一条學弟，你們認為接下來該怎麼做？」

達也與將輝轉頭相視。

先開口的是將輝。

「原本應該質詢這個男的……」

將輝說著看向一臉鬧彆扭坐在路上的老方術士。在這群刺客之中，只有他保有意識。

「但我不認為他會老實回答，而且既然都打倒他們了，古式魔法師設下的結界應該也已經消失了才對。」

「意思是……有人會經過對吧？」

「是的。關於使他們受傷這件事，我們應該可以主張是正當防衛……畢竟右手是他們自己燒掉的。」

「但是私下質詢就不會被認可了。一個不小心的話，我們可能會基於拷問……非法逮捕、恐嚇與施暴的嫌疑被警方逮捕，對吧？」

「我是這麼認為的。」

「……達也學弟的想法呢？」

「我覺得『你們兩人』不會被逮捕，但我同意其他部分的說法。不如乖乖交給警方，才是比較聰明的做法。」

真由美蹙起眉頭，噘嘴沉思，最後死心地嘆了口氣。

「請警察來吧。」

「學姊，我來報警。」

深雪這麼說的時候，已經取出情報終端裝置了。

「深雪學妹，拜託妳了。」

深雪打電話報警，真由美與將輝看著深雪。

他們沒注意到達也目不轉睛地看著倒在地上的密教系古式魔法師。

真由美與將輝更沒察覺到，達也的雙眼沒有聚焦在傷者身上。

◇　◇　◇

結果，達也等人這天要用來搜索嵐山的時間，都用在警方的偵訊上。

大概是因為傷勢太過嚴重，即使拿出七草與一条的名號，似乎也無法讓警方敷衍了事。

而且負責這個案件的刑警對十師族觀感不佳，倒楣遇到他也是一場災難。

負責處理魔法犯罪的刑警幾乎都是魔法師，卻不一定盡是現代魔法師。在東京圈這種現代魔法勢力較強的區域，警官絕大多數是現代魔法師。不過在京都這種古式魔法師擁有一定勢力的區域，比例就是各半，或是古式魔法師比較多。

負責偵訊達也等人的刑警，是陰陽道系的古式魔法師。感覺至少比密教系好一點，但刑警對十師族的反感難免影響到調查。刑警一直質疑是過度防衛，嚴重耗損大家的精神。真由美與將輝都沒有脆弱到會因為這樣就發怒，但要是他們容忍的限度再低一點，或許就會發生大事。

此外，因為刑警也質疑達也過度防衛，所以達也光是阻止深雪失控，就沒有餘力了。

總算從警察局解脫的達也懷抱顯著低落的心情回到飯店，就發現藤林在房內等他。此外，將輝說要回到金澤而騎車前往車站，要搭乘可以連同機車一起上車的遠程電車。真由美則因為這間飯店還有空房，所以住進了這裡的單人房。

「達也、深雪，你們看起來好像很累呢。」

簡單問候之後，藤林實質上的第一句話是這句。

「因為被警方留置了。」

「警方？你們究竟做了什麼？」

「這件事晚點再詳細說明。不提這個，光宣的狀況怎麼樣？」

達也坐在藤林面前詢問。深雪也坐在哥哥身旁注視藤林。

光宣在睡覺。只看他的睡臉，會覺得他身體狀況穩定了。

「藥發揮效力，他現在睡了。不過一直到剛才都還很不舒服。」

藤林露出愁容回答。看她的表情就知道不是「身體微恙」的程度。

「……達也，我有一個請求。」

「什麼請求？」

達也反問藤林。

她微微移開目光，遲遲沒回答。

直到時鐘的長針轉了一圈，藤林才具體說出她的「請求」。

「關於光宣的身體……」

達也默默聆聽藤林的話語。

「從醫學角度來看，他很健康，免疫系統與神經系統都毫無異常。醫生說查不出他為何這麼容易生病。」

「少尉不是想要求我提供醫學知識吧？」

「如果是這個問題，我會找山中醫生商量。」

「確實。那麼，要問我什麼？」

「我認為……不只是我，藤林家旗下的研究員也抱持相同意見。我們認為光宣容易生病的原因或許在想子體。」

想子體。這是記錄肉體情報的「獨立情報體」各種名稱之一，和肉體完全重合。有人說這或許就是自古以來所說的「幽體」，不過這部分依然眾說紛紜。

想子體和肉體之間是連動的。持續練習以意志控制肉體的人，可以不依賴神經脈衝，藉由控制想子體以超越神經傳導的速度驅動肉體。此外，也可以控制和內臟連動的情報部分，藉以修正或強化內臟功能。「想子體異常造成肉體出狀況」對於達也他們這些魔法師來說，是一點也不奇怪的想法。

「所以，我需要做什麼？」

想子體會影響肉體，這是魔法師的普遍想法。既然普遍，就代表很多人研究這個論點，藤林家的研究員應該也是其中一員吧。達也認為既然如此，應該就不會有什麼事非得找他幫忙。

「……想請你用精靈之眼『看』光宣的想子體。」

感到意外的達也睜大雙眼。不只達也，靜靜旁聽的深雪也露出驚訝表情。

「就我所知，在分析想子情報體這個領域……達也，沒人勝得過你。我不是希望你治好光宣的體質，但是可以至少查出原因嗎？」

或許可以查明原因。藤林知道達也的能力，會這麼想也很自然。不過……

「藤林少尉，您知道讓我『看』得那麼深入，代表什麼意義嗎？」

達也的眼睛可以讀取「事物如何形成」的情報。

以何種材料、何種方法製作而成。

基於什麼原因造成現在的結果。

他的「眼睛」是讀取構造情報的眼睛，也是讀取因果的眼睛。以他的這雙眼睛「細看」，等於看見九島光宣這個人的「根基」。

「拜託了。責任由我扛。」

「……我知道了。」

沒人扛得起這種責任。達也明知如此，還是點頭答應。

藤林應該也明白這一點。但她允諾扛起這個扛不起的責任。達也不知道她的內心為何會陷入此等絕境。但如果不是回溯過去，而是只看光宣現在的狀況，達也不會有任何損失。畢竟至今在各方面上都受過藤林照顧，所以達也認為既然她這麼希望這樣做，就幫她實現這個願望。

達也的「眼睛」看向熟睡的光宣。如果光宣是藉由藥效入睡，那應該也不會因為察覺「視線」投向自己而產生抵抗反應。正如達也的預料，連結光宣想子體的程序順利進行。

「哥哥！」

連結時間不到一秒。然而達也被深雪的聲音拉回現實時，額頭已經冒出冷汗。

「我沒事，不用擔心。」

他說完向妹妹露出笑容。

深雪露出鬆一口氣的表情，隨即起身以小跑步前往浴室。她回來時，手上握著濕毛巾。

「我自己擦吧。」

「不，哥哥，請讓深雪來。」

這種事不需要爭論，於是達也交由深雪擦拭他額頭的汗水。

「……達也，怎麼樣？」

藤林在達也擦完汗之後詢問。

達也想對藤林……不對，是想對九島家說的事情，經過剛才那一瞬間便堆積如山。他看過光宣的根基之後，得知了光宣出生的祕密。

但達也嚥下這一切，只回答藤林的問題。

「正如預料。自從我聽說光宣多病卻不是體弱，又目睹他強大的魔法力，我就推測是想子壓力太強，導致身體撐不住。」

「也就是魔法力太強，導致身體出問題嗎？」

「想子體是容器，容納一個人保有的想子。想子壓力和物理的氣壓一樣，依照容器內的想子量以及想子活躍程度而定。光宣的想子活動程度，就一個魔法師而言也是格外激烈。」

「意思是想子體因為想子的壓力受損……？」

「這部分有點難以想像，想子體是將分歧為無數條的細管束起、彎折成和肉體相同的情報形狀。我認為應該是管線內部想子流的壓力造成部分管線破損，而破損又反映在肉體上。」

藤林差點發出哀號，但達也搶先說下去。

「但不知道是否該說『幸好』，破損的管線以及造成破損的想子源自相同的材料。既然想子活絡，就代表想子體的修復也很活絡。想子體的破損與修復以很短的週期進行——推測這就是光宣體質出問題的原因。」

「原來不是就這樣損毀啊……」

「我認為他的修復力反倒高於魔法師的平均水準。」

藤林臉上浮現安心的神色。但她的美貌立刻蒙上陰影。

「可是，這下子該怎麼做……」

「直接壓抑想子的活動就好，但這樣代表他作為魔法師的能力將會受限。他自己與家人應該都不希望魔法力降低吧。這麼一來，強化想子體應該是唯一的解決之道。」

「怎麼強化？」

「這我就不知道了。」

藤林低頭藏起表情，大概是不希望浮現臉上的糾結心情被人看見吧。

若以光宣的健康為第一考量，限制魔法力是最好的做法。但魔法是光宣的依靠，自己是優秀魔法師這一點是他的個人特質。

達也同樣不認為以限制魔法力取得健康的身體，可以讓光宣幸福。但一年有四分之一都躺在病床上的生活，一旁看在眼裡的「親人」肯定比光宣本人更難熬。

「……謝謝，查到這裡就夠了。剩下的我會找專家諮詢。」

藤林低著頭說道。

光宣大約在三十分鐘後清醒。藤林的情緒在這時候也已經完全恢復。又或者是在努力避免被光宣看到她的愁容。

「光宣，感覺還好嗎？」

「給您添麻煩了。」

達也問完，光宣深深低下頭。不對，是想要低頭。

但達也將手心舉到光宣眼前，使他停下動作。

「你不用低頭道歉。如果是不養生而病倒就算了，可是你的問題在於體質吧？不是你的錯。我無法贊同明明不是自己的責任卻低頭道歉這種做法。」

達也的語氣相當強硬，與其說是安撫、安慰，更像是訓誡。達也斥責光宣「別背負太多罪惡感」，藉以激勵他。

「不好意思……不對，謝謝你。」

光宣以目光向達也道謝。

這次達也也沒多說什麼。

「那麼，達也……」

藤林正想要求達也說明剛才沒聽到的警局事件。

「我們回來了～達也同學、深雪，你們回來得真早。咦，記得這位是藤林少尉？」

「妳說藤林少尉？啊，哈囉。達也，原來你先回來了。」

「達也，我們回來了。那個……藤林少尉，好久不見。」

但就在這時，前往論文競賽會場的幹比古他們回來了。他們都對藤林在場感到意外。

「今天不是為了軍務前來，可以別叫我少尉嗎？叫我藤林就好。」

藤林以「成熟的笑容」接納他們的驚訝。艾莉卡是同性，所以面不改色也是理所當然，但雷歐也和她一樣，最後一人則是做出正常青少年的反應。或許該慶幸美月不在這裡。

艾莉卡坐在光宣所躺被褥的另一邊。不同於深雪優雅的坐姿，艾莉卡是端正的正坐，雖然風格不同，卻同樣上相。

「光宣學弟，身體怎麼樣？」

「那……那個，已經沒事了。抱歉讓您擔心了。」

艾莉卡確實是美少女，不過客觀來看，光宣長得比她好看。但光宣被艾莉卡掛著親切笑容搭話就亂了分寸的可愛模樣，確實是他這個年齡該有的反應。部分原因應該在於光宣身邊沒有年齡相近的女生會和艾莉卡一樣擺出這種講好聽是友善，講難聽是裝熟的態度。

「這樣啊。」

艾莉卡大概也懂得顧慮時機與場合，沒調侃光宣展露的羞澀反應。

達也重新面對房間中央坐好，深雪也挪身來到達也身旁照做。藤林移動到光宣旁邊，水波取而代之地坐在深雪旁邊。艾莉卡移動到達也正前方，雷歐與幹比古也坐了下來，眾人就這樣圍坐成一圈。

「來分享今天的成果，交換一下情報吧。」

「從我先說吧。」

幹比古同意達也的提議之後開始說明。

「不過幾乎沒什麼能講的情報就是了。我沒找到可疑人物可能藏身的地方，式神也沒反應。而且大概是因為昨天那件事的關係，很多警方的魔法師在巡邏。從那種警戒狀況來看，即使是國外的祕密機構，應該也無法策動去年那種事吧。」

「也就是多虧你們挺身而出，讓論文競賽得以確保安全了是吧？」

「哪有挺身而出……嗯，也可以這麼說啦。」

幹比古露出聽不太懂的表情，旁邊的艾莉卡與雷歐照例拌嘴說著「挺身而出是你的職責喔」「妳說什麼！」，但沒人勸誡他們。

「所以，論文競賽的巡視有了成果，但是搜索外國破壞員的任務沒進展。」

「光是昨天抓到的那些人，就是充足的成果了。警方似乎正在調查他們的老巢，這部分交給公僕就好。查緝破壞員原本就是警方的工作。」

「哥哥，您說得太直接了。」

深雪的吐槽讓報告成果的棒子來到達也手上。

「我們則是在小倉山的山麓遭到襲擊。」

「小倉山的山麓……是嵐山公園的龜山地區嗎？」

達也點頭回應光宣的詢問，繼續說明。

「刺客的人數一共十三人，當中有密教系古式魔法師十二人與逃亡方術士一人。所有人都交給警察了。」

「有達也同學、深雪再加上一条家的繼承人在，能勝過他們也是當然的結果。他們人數多十倍也打不贏你們。」

「他們也不是能那麼輕鬆應付的對手。」

達也對艾莉卡這番話露出苦笑後，突然想起剛才感到的疑問。

「幹比古，那些刺客以火焰創造出像是有蛇或龍纏附在上面的雙刃直劍，你知道這是什麼術式嗎？」

即使是幹比古，突然被問到這個問題也無法立刻反應，但還是約十秒就得出答案。

「……是『俱利伽羅劍』。」

「不動明王手上的那把劍？」

「沒錯。那是仿造不動明王的降魔利劍，並且借用劍之力量的術式。象徵的能力是斬斷『魔』。套用現代魔法的說法，就是碰觸正在發動魔法的對象，破壞情報體被複寫的魔法式，是一種對抗魔法。」

「是喔……居然有這種魔法，古式魔法也挺有一套的嘛。」

艾莉卡脫口而出的這番話令幹比古蹙眉。因為幹比古感覺她的說法像是現代魔法師瞧不起古式魔法師。不過艾莉卡經常毫無惡意地說出沒神經的話語，所以幹比古也覺得現在才氣這種事也太晚了。

「不過，我很驚訝有魔法師能使用這麼高階的魔法。俱利伽羅劍基於性質，也會讓術士自己的魔法失效，所以非常難以長時間維持效果。」

「硬要使用會怎麼樣？」

「這就真的不可能了。魔法發動的基點是術士的手，俱利伽羅劍的術式效果，是讓碰到火焰的魔法失效，並不是別碰到劍刃就沒事。具體化的火焰劍必須持續和手掌維持些許空隙，沒有這種能耐的魔法師，就絕對無法使用……不過，如果是別的魔法師發動術式強迫他人使用，就另當別論了。」

「強迫他人使用的話，這個人會怎麼樣？」

「手會燒掉。」

「咦咦！」

艾莉卡驚呼著向後仰，深雪不悅地蹙眉。

「雖說是以魔法形成，但俱利伽羅之火是具體化的真火。要是一直被迫握著，手當然會燒掉啊。聽說有種殘忍的術式是刻意點燃使用者的手臂當成組成劍的材料，不過那樣就不該叫作降魔的利劍，而是邪惡的魔劍了。」

達也與深雪暗自對看，以視線說好不講細節。

「這樣啊。那些刺客很強呢。」

「你們毫髮無傷就打倒那樣的對手，也很厲害喔。」

「這是深雪與一条的功勞。那麼關於接下來的計畫……」

「咦？不是今天就要退房回東京了嗎？」

如艾莉卡所說，雖然和飯店慣例不同，但原本預定在傍晚退房回東京。

「就請各位按照預定回東京吧。我要多住一晚，明天再到警局打聽今天抓到的傢伙供出什麼情報。」

「哥哥，那我也……」

「深雪。」

達也打斷深雪的話語。

「妳是學生會長，在這個時期連續請兩天假不太好。」

對於深雪來說，達也比學校重要，但是達也以強勢語氣命令，她也無從出言反抗。

「……我知道了。」

「那我跟你去吧！畢竟我在警察那邊有很多門路。」

「艾莉卡……我對找藉口蹺課很不以為然喔。」

「居然這樣說我？好過分！」

達也的視線移開艾莉卡，將目光投向幹比古。

「當然，風紀委員長連續請兩天假也不好。」

「你就沒關係嗎？」

「我基於『立場』，有些事情必須再調查一下。」

幹比古與雷歐都知道達也的「立場」，艾莉卡甚至察覺了進一步的細節。既然達也這麼說，他們也只能打退堂鼓。

達也送深雪等人到車站之後回到了飯店。要讓深雪上車費了不少工夫，但還是勉強讓她回東京了。深雪以雙手包覆他的右手，以泫然欲泣的眼神說「哥哥，請保重……」的時候，達也也做好了變更計畫的覺悟，不過他想太多了。

光宣身體狀況已經穩定下來，所以藤林會帶他回家。光宣本人似乎想參與明天的搜索，但他缺席天數已經很多了。經過他當成姊姊仰慕的藤林嚴詞訓誡，他也答應返家。

幸好飯店還有空房。達也從單人入住會過於寬敞的和室換到西式單人房之後，就前往飯店休息區和真由美面對面交談。

「達也學弟，學校那邊沒問題嗎？……但我沒資格這麼說呢。」

「別這麼說，我也因故必須更加詳細調查一下了。」

「是關於……另一邊的工作？」

休息區有外人，所以不能在這種地方架設隔音力場。因此真由美只好像這樣含糊帶過。

「是的，所以也請學姊不用在意。」

「說實話，我很感謝你這麼說。因為今天也造成你很大的困擾了。」

達也搖頭改變話題。

「所以關於明天的行程，學姊可以在這裡等嗎？」

「在這裡……你是說在飯店？」

達也點頭之後，真由美明顯變得不高興。

「我就這麼礙手礙腳嗎？是啦，我今天或許是沒幫上多少忙，可是……」

「不是那樣的。」

達也笑著搖頭。

「我對學姊實力的評價很高。」

達也直視著真由美的雙眼，如此斷言。

真由美紅著臉移開目光。

「既然這樣，為什麼要留下我？」

「並不是因為有危險。」

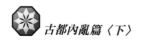

真由美大概是以為會得到「因為很危險」這個回答吧。她露出像在說「咦？」的表情，看向達也。

「以今天的步調來搜查會沒完沒了，所以我明天要使用稍微粗暴一點的做法，不太方便讓女性看見。尤其是學姊這樣的淑女。」

真由美再度把目光移開達也身上。

「不……不要緊的。別看我這樣，我也很習慣這種火爆場面。」

真由美確實曾經在橫濱的戰場成功突圍，也和「食人虎」呂剛虎交戰過。她或許不怕火爆場面，但她口齒變得不太流利。

「就算這樣，我也不希望被看見。」

達也的聲音中帶了點死心的語氣。真由美的目光依然撇向一邊，手指則心神不寧地互相搓揉起來。

「既然是因為那樣，呃……那就沒辦法了。」

真由美以完全別過頭的姿勢說完時，像是察覺到某件事般抖了一下身體。

「……危險危險。」

真由美移回視線，看向達也。她狐疑地瞇細雙眼。

「差點就中了你的老招。」

達也舉起雙手，假惺惺地朝著賞他白眼的真由美搖頭。

「我不是要轉移話題。我真的不想讓女性看見。」

「大姊姊我可不會被騙喔。」

真由美就這麼目不轉睛地瞪著達也。達也內心感到啞口無言。

達也不記得曾經欺騙真由美或讓她上當，但真由美似乎有種莫名的主觀想法。

不想讓女性看見。這是達也貨真價實的真心話。

不過，像這樣在這裡互瞪，也沒有任何好處。

「……我知道了。相對的，請學姊無論看到什麼都別昏倒喔。」

被達也恐嚇的真由美，不知為何開心地笑了。

「放心。別看我這樣，我也已經成年了。」

達也覺得這種保證不可靠，但他當然不可能講出這種話。

「喔，太好了，妳平安返家了啊。」

『哥哥沒有陪著深雪，深雪好不安。』

「放心，我一直『看』著妳。我的『眼睛』未曾離開妳。」

『說得也是，恕我失禮了。』

「妳不需要道歉。突然這樣要求妳，我覺得很抱歉。明天我一定會回去，今晚要鎖好門窗再休息喔。」

『真是的，哥哥，您以為我是幾歲小孩啊？』

「無論妳幾歲，妳都是我的妹妹。」

『……我覺得這是爸爸對女兒講的話喔。』

「妳不希望『那個爸爸』這麼講吧？」

『也是……那我就按照哥哥的吩咐，今晚特別謹慎地關好門窗。哥哥，晚安。』

「雖然有點早，不過晚安了，深雪。」

達也剛掛掉深雪打來的電話，就有人敲響他下榻房間的門。

達也走到門前，打開設置在門旁的螢幕。映在畫面上的是盛裝的真由美。

「這麼晚了，怎麼了？」

達也開門詢問真由美。雖然說「這麼晚了」，其實也才晚上八點，但年輕女性不適合在這種時間獨自造訪非男友的男性房間。

至少達也是這麼認為的，但真由美似乎不一樣。

「達也學弟，你還沒吃飯吧？要不要一起去吃？」

達也確實還沒吃，但今天他打算在附近的大眾飯館簡單解決，不想到飯店的高級餐廳。

「在這裡的餐廳吃嗎？」

「嗯，地下樓的法式料理。我剛才問櫃檯說還有位子，我就訂位了。」

看來已經確定達也要陪同真由美去餐廳了。

他必須小心避免露出不悅的表情。

「我知道了。我換個衣服，學姊可以先在門廳等嗎？」

「穿這樣去就可以了啊。」

「這可不行。」

真由美的服裝不到晚宴禮服那麼正式，不過黑色A字連身裙加上同色系蕾絲連身裙的組合簡單又華麗，鞋子與飾品也一樣高級，所以達也不能以平常的外出服同席。

達也掛著苦笑關上門。

「哇！達也學弟，你這樣穿很好看喔！」

「沒有學姊好看。」

達也這句話不是在謙虛，是真心話。他穿的只是為了以防萬一而帶來的西裝與領帶，只達到晚宴正裝的最低標準。

「那麼，我們坐吧。」

這間餐廳沒有達也預料的正式。沒有男侍，只有女服務生帶位。

「請坐。」

達也繞到真由美身後拉開椅子。

「哎呀，謝謝。」

真由美轉頭嫣然一笑，坐上椅子。

達也坐在正對面，等到真由美拿起菜單之後，自己也打開菜單。這菜單是最近很罕見的印刷紙製品。

「達也學弟，你要吃什麼？」

「這個嘛，我想點套餐。」

「原來如此～雖然單點似乎也很好玩，不過畢竟是第一次來這間餐廳，還是點套餐比較沒問題吧。」

經過這樣的對話，兩人最後都點了套餐。

用餐時沒發生什麼需要特別寫明的事情。

畢竟不知道是否有人在聽，不可能討論案件。

用餐到一半，真由美抱怨說「不能使用隔音力場很不方便呢」，只有這時候，達也才特別以目光提醒。

經過這兩天，達也得知了一件事——京都人對魔法師不友善。達也認為既然魔法協會總部設置在這裡，那京都人對魔法師應該會很和善，即使不是，也至少是中立的立場，但實際的體驗卻是正好相反。

——或許協會和當地居民之間曾有什麼糾紛吧。

不友善的程度，甚至令達也這麼認為。所以他也把CAD稍微從手腕往上移，以袖子完全遮住。達也認為也應該避免做出會被旁人發現自己是魔法師的言行。

此外，真由美並沒有攜帶CAD。不曉得她是不想刺激周圍人們的情緒，還是單純因為和服裝不搭。

用完甜點享受餐後咖啡的時候，發生了一段小插曲。也就是真由美提議等等去酒吧。

「……事到如今應該不用多說，但我是高中生喔。」

「真是的，不會有人認為達也學弟是高中生啦。你就算穿制服，看起來也不像啊。」

真由美的發言毫無惡意，所以反而使達也更受打擊。

大概是打擊生效，達也成功被強行帶到酒吧前面。

要入內的前一刻，真由美轉過來將嘴湊到達也耳際。

「這裡禁止用『學姊』，要叫我『真由美』喔。」

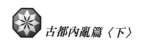

「……為什麼？」

達也的回應慢了一拍。他被真由美打亂了步調，不像平常的他。

「叫『學姊』怎麼聽都是學校的學姊學弟吧？我也會叫你『達也』。」

或許真由美是想玩某種角色扮演吧。

「因為被當成學生就麻煩了。」

真由美追加這個假惺惺的理由，拉著達也進入酒吧。

這是一間只有吧檯座位的小店。

客人只有坐在店內深處的一對情侶。

酒保只朝入內的兩人一瞥，就繼續製作攪拌酒（簡單攪拌的雞尾酒）。

達也讓真由美坐在和情侶相對的另一端，自己則坐在她旁邊。

「店長，請給我亞歷山大。達也要喝什麼？」

「一杯夏日喜悅。」

黝黑的酒保瞪了達也一眼，但他沒說什麼就點頭回應，拿起量杯。

仔細一看，這名酒保不只是肌膚曬得黝黑，身體也鍛鍊得很結實。而且動作俐落，感覺曾經受過專業戰鬥訓練。他以前是做什麼的呢……達也無故在意起來。

「為什麼喝無酒精飲料？」

不過，真由美在意的是達也點的飲料。「夏日喜悅」的材料是萊姆果汁、糖漿與碳酸水，如她所說，是無酒精雞尾酒。

「真由美大小姐，還請您原諒。」

「咦？」

「屬下是護衛，不能在關鍵時刻變得遲鈍。」

「咦？咦？」

真由美大概是想享受情侶遊戲吧，但是任憑他人擺布違反了達也的主義。

酒保用力搖酒之後，將略帶褐色的乳白色液體注入高腳杯，放在真由美面前。

他開口搭話，但對象不是真由美，是達也。

「客人的職業是隨扈嗎？您雖然年輕，但是實力看起來很好。」

「我還在見習。」

「您謙虛了。」

酒保拿出新的調酒杯，注入萊姆果汁、紅色石榴漿以及少許糖漿。搖酒動作比剛才輕快。加入碳酸水的杯子放到了達也面前。

「客人，恕我冒昧請問一件事。」

酒保先以此作為開場白，接著將臉湊向達也。

坐在吧檯另一端的情侶正沉浸於自己的世界中，看起來沒在聽他們說話。

「客人是不是魔法師？」

達也沒將驚訝顯露在臉上。

「既然看得出來，那麼店長也是魔法師吧？」

店內深處的情侶離席。酒保向他們恭敬行禮，送走兩人。

酒保一邊清洗東西，一邊繼續剛才中斷的話題。

「那是往事了。我在訓練時出意外，失去了魔法師之力。」

「這樣啊，恕我失禮了。」

達也道歉之後，酒保抬頭搖了搖頭。

「就說是往事了。何況這個話題是我自己開的。」

此時真由美以不高興的語氣介入。

「店長，再給我一杯。」

「大小姐，您喝得有點快……」

「放心。連酒都喝不了的達也別插嘴。」

看來達也老是和酒保交談惹她不高興了。又或者是不喜歡護衛與大小姐這個角色分配。

「恕我失禮了。」

酒保將此解釋為自己的過錯而低頭道歉，掛著苦笑回去洗東西。

不過達也不想讓彼此的對話就此打住。

「店長，我想稍微請教一下。」

酒保以眼神詢問「把她扔在一旁沒關係嗎？」，但達也覺得沒必要討真由美歡心。

「魔法協會和京都市民之間，有發生過什麼糾紛嗎？」

「為什麼問這種事？」

「或許是我多心，不過這座城市的人們對魔法師的印象似乎不太好。」

「喔，您察覺了京都人對魔法師不友善是吧？」

酒保以毛巾擦手，接著開始以擦乾的手擦杯子。達也看著這幅光景，覺得不使用機械的這些動作會不會都是在飾演「酒保」這個角色，是酒吧的舞台裝置。

「並不是發生過嚴重的糾紛喔，是小小的摩擦逐漸累積造成的。雖然盡是些移居過來的人大多會做的事，不過因為對方是魔法師，所以這裡的人就反應過度了。」

達也一臉無法釋懷的樣子，酒保在小盤子上放了一顆巧克力遞給他。

「請端給那位大小姐。」

「謝謝。」

達也接過小盤子，遞到真由美面前。

真由美拿起巧克力送入口中，不太高興地撇過頭去。

達也與酒保相視，露出苦笑。

酒保的眼神和嘴角掛著笑意，並繼續說下去。

「魔法協會在這裡設置總部，大概也是問題之一吧。京都市民或許是覺得魔法師霸占了這個城市也說不定。」

「既然都住在這裡了，那魔法師也算是京都市民，沒什麼霸不霸占的問題吧？」

「我失去魔法之後才明白，對於無法使用魔法的人來說，魔法師很恐怖。無法使用魔法的人要是遇上對方使用魔法，就無計可施了。甚至有可能在不清楚對方做了什麼的情況下被打傷，或是被搶走重要物品，最壞的狀況也可能會遇害。不，我知道您想說什麼。」

酒保制止了想開口的達也。

「在沒有抵抗的餘地這點上，槍也和魔法一樣。但是請您反過來想想。對於不是魔法師的當地居民來說，魔法師是拿著無形之槍的來路不明的外人。京都市民不是特例，各城市都可能發生這種事。」

走出酒吧時，真由美的腳步相當不穩。

（我就說喝三杯太多了……）

達也在心中發牢騷，但已經是馬後砲了。他也不知道那種雞尾酒的酒精濃度超過二十。

「學姊，房間到了，請振作一點。」

「嗯……達也學弟，謝謝～」

感覺真由美隨時會睡著。反正已經平安抵達房間，達也要當成任務結束也行。

「咕……」

不過看到真由美靠在門前緩緩下滑，快要癱坐在地上的樣子，達也還是不忍心在這時說「我告辭了」。

「學姊，鑰匙在哪裡？」

「這裡～」

真由美拿起門卡輕輕搖晃。也不知道她在想什麼，居然想將卡片插進自己胸口，於是達也迅速地在中途搶走。

（……這個人究竟打算讓我做什麼？）

感受到些許戰慄的達也開鎖入內。

幸好房內不是內衣亂丟的通俗小說光景。

「七草學姊，要睡請到床上睡吧。」

「嗯，知道了～」

達也學到了一件事。真由美是喝醉就會退化為幼兒的類型。感覺他周圍很多人都是這類型。或許比起酒醉就發酒瘋或哭個不停好一點，但依然很麻煩。

真由美朝床鋪踏出腳步，卻差點倒下，達也連忙扶住她。

達也就這麼帶真由美到床邊。

「學姊，床到了。衣服脫掉比較好喔，不然這麼好的衣服會皺掉。」

真由美在達也面前舉起雙手。

「……怎麼了？」

「幫我脫～」

正如預料的回答，使得達也真的開始頭痛起來了。

◇◇◇

十月二十二日，星期一。達也再度來到了嵐山的嵯峨野。也就是昨天遭到古式魔法師襲擊的地點。

真由美說她身體不舒服，所以在飯店休息。不用說，當然是宿醉。達也覺得昨天發生的事情中，只有這件事帶來了正面效果。

沒有警察的身影。至少不像是有在調查昨天的事件。那個討厭十師族的刑警似乎不打算好好調查昨天的案子，又或者是發生了其他的緊急案件。無論如何，警察的目光原本就是達也的擔心事項之一，所以這樣正合他的意。

達也站在現場，回憶昨天讀取的情報。處於冬眠狀態，傷勢最輕，也就是獨立情報體沒有欠缺，又因為昏迷使妨礙讀取的想子波釋放量減到最少——達也昨天從這樣的情報源讀取「來自何處」的資料，也就是那個古式魔法師所屬集團大本營的座標。

如果就這樣走在竹林裡會無謂地顯眼。達也以情報終端裝置開啟地圖，一邊核對記憶中的資料，一邊沿著下坡路前進。

他輕易地就找到了目的地。

是只有寬敞可取的平凡住家。不對，寬敞到這種程度，或許稱不上平凡。

乍看之下，這座建築物長得很像某些地區依然留著的鄉鎮集會場所。

達也以不被屋內人們察覺的強度使用「精靈之眼」掃描建築物。看來沒有特別設置防止入侵的陷阱。達也毫不猶豫地走過大門。

即使進入住家範圍也感受不到魔法的氣息。但達也已經藉由「眼睛」確認了裡面有人。

達也將手伸向拉門。門當然鎖著。是電子鎖加物理鎖的兩道鎖。說來遺憾，達也兩種鎖都開不了，他沒有這種方便的魔法，所以他決定以自己擁有的魔法開門。

門鎖崩成碎塊。

達也和剛才穿過外門的時候一樣毫不猶豫地拉開門入內，隨即有車輪形狀的武器射過來。是環形刃，有著八根從中心以放射狀延伸的輪輻。這是叫作「法輪」的密教法具，但對方似乎當成射擊武器使用。

達也躲開法輪之後，法輪還沒破門飛出去就先停下來，再沿著原來的軌道往回飛。從其他方向射來的法輪也以同樣的動作飛回去。仔細一看，就發現法輪還連結著一根細長的想子線。

（當那是溜溜球嗎？）

法輪的動作就和溜溜球一模一樣。那就好應付了。達也躲開增加為四個的法輪，接著朝想子線使用「分解」。

斷線的法輪直接破門飛到屋外。

牆邊傳來了一陣慌張的氣息。達也分解四條線之後縱身一躍，和使用光學迷彩隱身的術士拉近間距。

可以看見如海市蜃樓般搖晃的透明人影架起像是短劍，而且握柄兩側都有刀刃的武器。叫作「獨鈷杵」的這個東西也是密教法具，和剛才的「溜溜球法輪」一樣被改造為武器。

達也知道獨鈷杵兩端投射了電擊魔法式。雖然已經投射，卻還沒完全改寫獨立情報體。達也無視於還沒發動的魔法，以閃憶演算在距離掌心一公釐處發動振動魔法，打向人影的胸口。

這種也被運用在動態空中機雷，對固體賦予振動波的虛擬波動，會對掌心所接觸皮膚內側一公釐的身體組織造成激烈振動。振動沿著體液傳導到上半身，使男性無力地倒下。解除光學迷彩的這名男性，服裝和昨天的刺客相同。

達也放低身子，朝身後逼近的透明人（不是讓身體組織透明，而是利用光學迷彩變成透明）施展掃腿。他不是像中國武術那樣大幅度地豪邁踢向對方，而是以自己的腳勾住對方踏出的腳，使其絆倒。

透明人失去平衡。達也在搖曳的海市蜃樓裡看見了男性的背影。

附帶振動魔法的掌打。第二人倒地。

「就算變成透明人，我也知道你們的位置。快停止這種無謂的舉動，現身吧。」

達也挑釁之後，便有各種年齡層的男性從海市蜃樓中走出來，總共十人。幸好沒有女性。達也不會因為對手是女性就手下留情，卻會覺得有點難以下手。

「摩利支天的行法為什麼無效……！」

達也沒明講是因為他們的魔法是半桶水，但不夠熟練確實是原因。如果是八雲來使用相同術式，連達也都難以找到他的位置。

「把他綁起來制伏！」

其中一名男性如此下令。雖然看起來不是最年長，但確實從他身上感受到這些人中最強的魔法力。達也將這個疑似是隊長的男性設定為目標。

達也故意走到樓層中央。如同劍道道場的木地板房間，完全沒有能當成掩體的家具。原來不是集會場所，是道場嗎——達也想著這種不是這時該冒出的想法。

十個魔法師等距離地圍成一圈，包圍達也。

正十角形——這是以彼此相差三十六度的兩個正五角形重合，或是以兩個五芒星錯開而形成的形狀。

其中五個魔法師同時扔出羂索，但他們兩旁的人仍未有任何動作。

五人不是朝著達也丟羂索，是朝著斜前方的同伴。

丟出羂索的人，再接住別人扔過來的羂索。

以五色羂索打造的五芒星陣。

達也從「上方」看著這幅光景。

那個五芒星陣，大概是藉由從五個方位對中央施壓，來束縛對象的術式。

不過達也沒義務站在敵人正中央等待法陣完成。

他在羂索投擲的瞬間往正上方跳。

接著在撞上天花板之前朝空中一蹬，跳向五芒星其中一個頂點。

這是幾乎沒在比試中使用過的飛踢。但想出其不意時，是意外實用的戰鬥招式。

使用魔法製作踏腳處蓄力加速的這一踢，以體重加速度的威力命中術士臉部。術士滾了幾圈才倒地。這一踢力道重得令人擔心會有後遺症，但達也無暇擔心這種事。五芒星陣瓦解了。但他們手中的牌肯定不只這張。

達也在落地之前「著地」，給了旁邊的魔法師一記飛膝踢。

只在製作踏腳處時發動的魔法。這是有閃憶演算才做得到的魔法戰技。

聚集在這裡的密教系古式魔法師，身體能力絕對不弱。重視苦行的他們也是一流的格鬥家。

不過前提是要面對正常戰鬥。他們完全跟不上達也特技般的身手。

敵方的古式魔法師直到剩下五人，才得以應付達也的奇襲。

第六人（若加上最先遇到的兩人，則是第八人）即將被達也攻擊時，後方的術士朝達也放出電擊。

如果是現代魔法，可以直接在對象身上產生電流。

不過古式魔法的特徵，在於是從術士身上或空中的某個點朝對象放出電擊。

以電擊魔法來說，這種差異一般不會造成問題。電擊射向目標的速度是秒速十萬公里，瞬間就會抵達，不可能來得及在發現之後閃躲。

達也在電擊魔法發動之前就中斷攻擊，往側邊大幅一跳。

想施展電擊的術士追丟了達也，但是已經來不及中斷魔法了。

法具獨鈷杵射出的雷命中自己人。

這個事實使得術士們猶豫是否要使用魔法。

由此產生的破綻，給達也提供了充分的時間。

達也以反射力場作為踏腳處，得到等同自我加速魔法的速度，將古式魔法師悉數打昏。

擔任這個據點領導者的古式魔法師，因為貫穿身體的劇痛而醒來。

思緒因為疼痛而無法好好運作。

他只是痛得無法維持昏迷狀態罷了。

「醒了嗎？聽得懂我說什麼就點頭，我會稍微減緩你的痛楚。」

這股痛楚可以減緩——只有這段話滲入了男性的意識，於是他拚命點頭。

正如約定，痛楚稍微減輕。

因為劇痛而模糊的視野中，物體輪廓因而稍微清晰了點。

眼前是一名年輕男性。

以墨鏡隱藏長相的男性壓在他身上。

領導者結印，想使用術法。

這一瞬間，足以使意識變為空白的劇痛襲向了他。

「不准亂來，回答我的問題就好。」

領導者拚命點頭，表示願意聽話。

劇痛稍微減輕。

這次只有思緒稍微恢復，視野依然模糊。

「周公瑾待過這裡吧？一個從橫濱中華街逃過來的華裔道士。」

領導者甚至沒冒出想說謊的念頭，老實點頭。

「這個人直到十二日週五都在這裡，沒錯嗎？」

十二日，十二日……領導者以不太靈光的大腦拚命思考，想起周公瑾確實是在週五離開這裡後，反覆點頭。

「周公瑾說他要去哪裡？」

新的劇痛襲擊領導者。不過奇妙的是，只有思緒變得清晰。

視線模糊，四肢連手指都動不了，嘴卻可以自由說話。

「他說……要去宇治。說二子塚古墳附近，有一個很好的藏身處……他沒有進一步說明……

我不曉得……是真是假……」

「你的部下被大陸的方術士當成傀儡使用，那是你准許的嗎？」

「我不是……他們的師父……沒資格……命令他們……」

「你是領導者吧？」

「他們是同志……我們身分對等……不聽任何人的命令……」

「我知道了。辛苦你了。」

下一瞬間，一陣最強烈的劇痛貫穿領導者，使他的意識如同跳電般中斷。

達也用電子郵件告知藤林這裡的位置，也告知這裡有傳統派魔法師昏倒。他覺得在最後委託藤林接管這些古式魔法師是畫蛇添足。因為應該不用刻意補充這一點，藤林就會主動安排接管的程序。

達也不知道這個據點領導者供出的情報可信度如何。他難以相信一個集團居然沒有明確的指揮系統，覺得不可能只因為具備相同的目的，就能進行默契十足的團體戰。

不過，關於周公瑾藏身處的情報，則和清水寺咒術師提供的情報一致。雖無法否認這裡的前密教僧可能和那個咒術師串通讓達也相信假情報，但要是懷疑到這種程度會沒完沒了，必須找一個割捨點。

達也決定今天返家之後，向葉山報告周公瑾很可能躲在宇治二子塚古墳周邊。

達也完成任務回到飯店時，看見雖然在賭氣卻害羞地移開目光的真由美出面迎接他。她頻頻抱怨「無情」或是「和說好的不一樣」，卻一直紅著臉，說什麼也不和達也的目光相對。

關於她害羞的理由，達也心裡有數。

昨晚，達也接受了年輕女性（真由美）要他幫忙脫衣服的不講理要求。對一切感到厭煩的他迅速剝掉真由美的禮服，將只穿內衣的真由美扔到床上，頭也不回地就離開了房間。

達也自己也覺得太粗暴了，但他也有話想說。光是在那個狀況沒有伸出狼爪，真由美就應該道謝了——但他當然不可能說得出這種話。

「話……話說回來……」

到剛才都還在以強勢態度抱怨的真由美突然結巴。

「那個……我想問達也學弟一點事。」

要是能說「我拒絕」或「我要行使緘默權」該有多好——達也由衷這麼想。看真由美的態度就知道她要問什麼了。

「我……」

真由美知道這個房間只有兩個人在，卻依然左右張望，如同害怕有人偷聽似地將嘴唇湊向達也的臉。

「……我為什麼只穿內衣睡著？」

因為妳要我幫忙脫掉——達也很想這樣回嘴，但這句話也不可能說得出口。

「是學姊自己脫掉的吧？學姊應該是就算再怎麼醉，還是留有不能穿著禮服上床睡覺的判斷力吧？」

達也和差點碰到的真由美嘴唇拉開距離，面不改色地回答。

「喝醉的人會注意到這種細節？」

「天曉得。這是發生在學姊身上的事，如果妳不知道，我也不可能知道。」

「……達也學弟，我啊……」

真由美以害羞到眼角發紅的雙眼，在達也回來之後第一次看向他。

「雖然酒量不太好，卻會清楚記得發生什麼事。」

達也好想立刻逃離這裡。不過很遺憾，他知道身為男人，不允許在這種狀況下逃亡。

「……我覺得你用不著那麼粗魯。」

他確實是很粗魯地將真由美扔到床上。

不過該責備的是這件事嗎？達也對此抱持疑問，感到苦惱。不過要是在這時候問「這種事比被剝得剩下內衣還重要嗎」，似乎會自找很大的苦頭吃。

真由美依然嬌羞地看著達也。

在這股非常尷尬的氣氛中，還有「將真由美送到距離住處最近的車站」這個最後的任務等待著達也。這是個會對心理造成沉重負擔的任務。

◇　◇　◇

達也的手放上自家外門的瞬間，玄關大門打開了。

「哥哥，歡迎回來。」

出來迎接達也返抵家門的人，一如往常的是深雪。

「我回來了。這次真的很對不起。」

看得見深雪臉上有著藏不住的擔心痕跡與安心神色。即使理性上知道沒人傷得了達也，擔心他的情緒又是另一回事了。達也的「對不起」是也涵蓋了這一點的道歉。

「不，只要看到哥哥平安無事，深雪就別無所求。」

深雪搖頭回應達也道歉的話語。

達也一進入家門，就被迫在起居室放鬆休息。裝衣物的旅行箱被水波搶走，他自己也被深雪帶到沙發。

這種時候抵抗也沒意義。他這樣與其說是接受服侍，應該說是被迫接受服侍。他乖乖任憑妹妹她們擺布。

深雪愉快地坐在旁邊看著正在喝咖啡的達也。但是達也將杯子放回桌上之後，她就忽然坐立不安，不斷重覆看向達也又移開目光的動作。

「放心，受託的工作進行得很順利。光是現階段的成果就可說對姨母大人仁至義盡。」

深雪應該是想問今天任務的過程吧。如此心想的達也，搶先告知進展順利。

「不，這個任務由哥哥負責，我不擔心……」

不過，深雪似乎想問別的問題。

「妳想問什麼，就說說看吧。」

達也如此引導之後，深雪依然有些猶豫，但最後仍露出揮除迷惘的表情詢問。

「哥哥，光宣為什麼會有那種體質？」

達也遭受預料外的暗算，沒能立刻回答。

「……就是我昨天說的那樣。光宣的魔法力太強，身體承受不住。」

深雪表情一沉，擔心地眉頭深鎖。

「那是現在的狀態吧？哥哥不是看過原因了嗎？」

「……妳為什麼問這個問題？」

「哥哥當時的樣子非比尋常。您究竟對什麼事在意成這樣？」

達也不由得啞口無言。這等於自己承認「事有蹊蹺」。

「哥哥，求求您。請將哥哥的煩惱告訴深雪。請讓我分擔哥哥的煩惱。」

深雪以拚命請求的眼神仰望達也。達也知道妹妹是由衷想減輕他內心的負擔。

「妳最好別知道。」

所以達也更猶豫於是否要將自己得知的祕密告訴深雪——順帶一提，達也幾乎不避諱侵犯光宣與九島家的隱私。

「求求您，請哥哥不要一個人受苦！」

但是深雪以噙淚的視線懇求，使達也終究還是瞞不住了。

「我知道了。這件事很震撼，希望妳能帶著堅定的內心聽我說。」

深雪倒抽一口氣。達也看妹妹做好準備之後，直接切入核心。

「光宣和藤林小姐是同母異父的姊弟。」

深雪好一陣子沒反應。

她在終於理解哥哥這句話的同時，以雙手摀起嘴。

「天啊！可是藤林小姐的母親，是光宣父親的親妹妹……」

「光宣是調整體，恐怕是以人工授精誕生的。所以嚴格來說不是亂倫，卻無疑是親兄妹生下的孩子。」

深雪的表情因受到打擊而僵住，花了好一段時間才說得出話。

「那麼……光宣的體質是……近親生子造成的……？」

達也搖頭回應，但那並非確切的否定。

「無法斷定。畢竟問題在於想子體失衡，肉體很健康。或許是調整過程出錯了。」

達也停頓片刻，嘆了口氣。

「不過，也無法否認可能是因為基因太近。即使是魔法師開發研究所，也會避免使用親子或兄弟姊妹之間的基因。所以基因對想子體以及精神會造成何種影響，我們掌握的還不多。」

深雪臉上失去血色。

她「感同身受」地受到沉重打擊。

十月二十七日，星期六，明天終於就是論文競賽了。第一高中的代表以及包含警備的後勤小組於下午前往京都。第一高中是第六個上台，時間是下午一點四十分開始，所以當天早上出發也來得及。但論文競賽在京都舉辦的年分，第一高中都會在前一天先住一晚。這已經成了傳統。

大型巴士與載運報告用示範器材的卡車開往專用車站，以貨運快車（載運大型車輛行駛，且連同上頭乘客與行李都一同載運的高速列車）前往京都郊外的車站，再開往京都市內的飯店。

第一高中固定利用的ＣＲ飯店，用來讓高中生投宿有點高級過度。但固定一次之後就很難更換，而且也沒學生刻意要求降低飯店等級，所以就這樣成為了慣例。

「抵達～！」

率先下車的是盡情和五十里享受巴士旅行的花音。去年九校戰期待和五十里一起搭巴士旅行卻落空的她，非常期待這次前往京都的路途。她早在今年的九校戰就消除了去年的遺憾，不過或許只要發生過一次不如意就會一直執著是人的天性。

最後下車的是泉美。其實身為學生會長，深雪打算自己來確認是否所有人都下車且沒把東西忘在車上，但泉美說「這種雜事由我來」，幹勁十足地接下這個工作。

相對的，深雪則代表大家登記入住。鑰匙由達也與穗香分工發放。

就這樣，第一高中的學生們在此解散，進入自己分到的房間。

第一高中學生下榻的房間是比和室便宜的西式雙人房。和達也同房的是幹比古。這當然不是巧合，是故意的。

「幹比古，之後就拜託你了。」

「交給我吧。雖然我很遺憾不能一起去。」

「我不能依賴你到這種程度，再說也有情報公布的問題。而且……」

「怎麼了，達也？」

達也講到某件事時支支吾吾，使幹比古疑惑地歪過腦袋。

「……沒事。學校的大家就拜託你了。我覺得不會發生什麼事，但最好嚴加防範。」

「嗯，這我知道。」

達也沒說出口的是「而且美月也在啊」。這次製作示範器材時，美術社大顯身手，優先獲選為後勤成員，美月也包含在內。達也認為幹比古應該會在意她的狀況。

但最後達也還是沒將這件事說出口。他判斷這是多管閒事，覺得這種事外人不該插嘴。

「我或許會很晚回來，如果回不來會通知你。」
「我知道了。達也，你要小心點。」
達也以外套藏起槍套（裡面插著他愛用的手槍造型ＣＡＤ「銀鏃」），在舉手回應幹比古之後走出了房間。

◇◇◇

達也首先前往的地方，是比第一高中學生下榻的ＣＲ飯店小又不顯眼的飯店。這是黑羽家工作時常利用的飯店。
「達也哥哥，您好。」
「達也先生，等您好久了。」
文彌與亞夜子在門廳等他。
「抱歉，還麻煩你們專程過來。」
「別這麼說。這本來就是我們帶來的案子。」
「站著聊不太自在，達也先生，要不要坐下來？」
亞夜子說完便引導達也前往沙發。她讓達也坐下之後，就坐到了隔著桌子的正對面，文彌隨即端飲料過來。

達也想問這裡是否可以飲食的時候，看見了正在擦別張桌子的3H。不對，那是商業用的機型「人型機械侍者」，通稱「機侍」。達也判斷既然有機侍在就沒問題，不客氣地接過飲料。

亞夜子設起隔音力場。沒有響起非法使用魔法的警報。看來這間飯店不是達也所知「只是黑羽家經常使用」的等級，而是被完全改造為黑羽——四葉出任務的據點。

「這樣就行了。達也先生，您委託的東西全部準備好了。」

「機車準備了達也哥哥平常騎的車種，現在就停在停車場。」

「準備的衣服也全都具備防割、防彈效果，需要更換嗎？」

「鞋子、手套與安全帽也都準備了戰鬥用的款式。」

「真是無微不至啊……」

完備的程度遠超過預料，使達也不禁差點笑出來。他當然知道兩人是認真為他著想，所以沒有真的笑出來。

「謝謝，我全部都要用。」

達也說完，文彌與亞夜子就露出由衷感到喜悅的笑容。

「那我帶您到房間。」

亞夜子放下沒喝完的茶杯起身。文彌也留下飲料離席，所以達也也照做。

他們為達也準備的衣物，合身到令人毛骨悚然。達也非常在意兩人是從哪裡得知他的體型尺寸，卻隱約覺得別知道比較好，所以決定不問。

「過濾到什麼程度了？」

不用說，達也問的當然是周公瑾的藏身地點。

達也將星期一所取得的情報，透過葉山轉達給黑羽家了。黑羽這週一直依照這些情報，尋找周公瑾的下落。

「幾乎確定在哪兒了。」

「這樣啊，不愧是黑羽。所以在哪裡？」

達也的這個問題，使得文彌露出些許猶豫。

「這說來令人難以置信……」

「國防陸軍宇治第二補給基地。幾乎可以確定是躲在那裡。」

亞夜子代替依然難以啟齒的文彌回答。

達也沒說「怎麼可能」這四個字。

「原來如此，難怪遲遲找不到。」

達也輕聲說完，就走到通訊終端機那裡。

「文彌。」

「是！」

達也以冰冷到令人發毛的聲音呼叫，使文彌以過度鄭重的語調回應。

這個冰冷的聲音證明了達也的情緒達到極限。情緒強度有限的達也，在憤怒達到這個標準的瞬間，對外就只會展露毫無情感的意志。

國防軍的背信行為超過了他的容忍極限。自從深雪在沖繩被叛軍射傷，他就變得對於背叛特別不寬容。

有一句慣用語是「冰刃出鞘冷光射」，形容鋒利的日本刀釋放冰冷詭異的光芒。因為憤怒而收起情感的達也，足以令人聯想到這句話。

「可以和外部通訊嗎？」

「請稍待。」

文彌從達也旁邊伸出手，以鍵盤輸入保全密碼。

在文彌的催促之下，達也坐到了終端機前面。

達也輸入複雜的通訊碼。等待約五秒之後，螢幕上便出現一名女軍官。

『達也，怎麼突然找我？』

達也輸入的是獨立魔裝大隊分配給藤林的緊急聯絡通訊碼。

「少尉，在下現在人在京都。」

『這樣啊……』

光是這樣，藤林臉上就浮現理解來意的神色。

「找到了嗎？」

達也刻意省話的這句詢問，使得藤林半放棄地嘆了口氣。

『查出周公瑾的藏身處了。』

在清水寺與嵐山的傳統派那兒所取得的情報，達也不只是告訴葉山，也告訴了藤林。對於國防軍來說，周公瑾也是和外國軍隊掛鉤的重大罪犯，所以即使達也沒特別委託，軍方也必須找出他。達也想要利用這一點。

「在哪裡？」

達也直截了當地詢問。對此，藤林露出有苦難言的表情。

『……憲兵隊會出動，請大黑特尉別介入。』

「這並不適用於特務規則。藤林『小姐』，周公瑾在哪裡？請將立場改為允諾協助的九島家成員，回答我這個問題。」

『……在國防陸軍宇治第二補給基地內部。達也，這件事就交給國防軍處理吧。要是被發現非法入侵基地，即使是你也會吃不完兜著走。』

「我知道了。再聯絡。」

『達也！』

達也沒明講「知道了什麼事」就結束通話。不只如此，他還操作終端機封鎖線路。

他轉過身去，朝著在後方瞪大眼睛看著藤林與達也對話的文彌與亞夜子點頭。

「得到證實了。計畫是？」

「在天黑的同時開始行動，入侵基地。」

達也問完，文彌重新振作精神回答。

「入侵路線是？」

「從複數閘門光明正大地進入，不會做出翻越圍欄的行徑。」

「各門口外面當然也有安排人力，防止他從裡面逃出來。」

「人數不太穩當呢……」

達也在輕聲說完後站起身子。

「文彌、亞夜子，我會稍微調度一些戰力過來。或許來不及在現場會合，不過我也會準時展開突擊。」

「我知道了。達也哥哥，到時候沒辦法通訊，所以……」

「達也先生，請保重。」

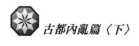

「文彌與亞夜子也別大意喔。」

「是。」

「那當然。」

達也點頭回應兩人，前往備好機車的停車場。

達也很快就找到兩人準備的機車。鑰匙上有箭頭指示車的方向，所以不會誤認。

西方天空已經開始泛紅，距離作戰開始的所剩時間不多了。於是達也一邊騎車，一邊使用安全帽內建的情報終端裝置無線界面，以語音輸入撥打一条將輝的通訊號碼。

『是司波嗎？你打來有什麼事？』

接到達也的電話似乎令將輝感到意外。假設將輝突然打電話給達也，達也應該也是相同的反應吧。達也自己也預料得到這一點，所以沒多說什麼。

「一条，已經找出周公瑾的藏身處在哪裡了。」

『真的嗎？』

「真的。你現在在哪裡？」

『上賀茂神社附近。』

達也心想他果然早就來了。聽說第三高中參加論文競賽是當天來回，但是達也認為上週就來巡視的將輝鐵定會前一天就抵達。

「我在宇治二子塚公園西南邊入口等你到下午五點。」

『下午五點？我知道了，我會在那之前趕到。』

將輝原本大概想告知來不及吧，但他似乎立刻理解了指定時間的意思。之所以冷漠地結束通訊，一定是因為他立刻就採取行動。

為敵很棘手，成為自己人時卻很可靠。達也欣賞將輝這種「懂事」的人。

（我也快趕路吧。）

要是叫將輝過來的自己遲到就太丟臉了。達也將機車騎上了高速公路。

◇　◇　◇

國防陸軍宇治第二補給基地某棟建築物的一個房間內，達也等人一直在找的周公瑾正在準備啟程。

「周先生，您已經要出發了嗎？」

一名年過三十的軍官直挺挺地站在門邊，以依依不捨的語氣詢問周。

「波多江上尉，我也不忍道別，不過似乎有人查到這裡了。」

「這樣啊，真遺憾。只要您待在這個基地，我不會讓那種自稱十師族的一步登天的魔法師碰您一根寒毛。」

波多江上尉是親大亞聯盟派，同時喜好大陸的古式魔法，認為現代魔法師是「歷史不到百年就一步登天的傢伙」，有著食古不化的思考。他深信——因為被說服而深信周公瑾「自己沒涉入橫濱事變」的主張，將黑羽的追捕認定為現代魔法師的私下報復，並基於「正義感」藏匿周。

「沒辦法，畢竟那邊有九島閣下在呢。」

周淺淺一笑。這張笑容很適合他眉清目秀的臉龐。

波多江上尉咬住嘴唇。正如周公瑾所說，要是基地司令指示接受查察，只是區區中隊長的波多江無法抵抗。而且前少將九島烈的影響力，當然足以摧毀任何對於正規查察程序的抵抗。

「真想多向您請教關於仙術的種種……」

「我還只是初出茅廬的道士。我這個半桶水別說羽化，連屍解之路都找不到，這樣的我要傳授術理，也太狂妄了……」

周以老藉口委婉拒絕波多江的要求。

波多江上尉沒有因此壞了心情，出言更改話題。

「那麼，您幾時啟程？」

「我想在今晚告辭。」

「查察預定在明天早晨進行，這樣確實比較好，可是……」

「光是您掌握到無預警突擊查察的情報，我就很感激了。」

周說完低頭致意，波多江露出更洩氣的表情。

「不過，閘門晚上會封閉……」

「這種程度的小事，我會自己解決的。」

周充滿自信的微笑，使得波多江想起他擅長的魔法。

「說得也是。那麼，請至少讓我為您準備車子。不是軍車，是下官我自己的車。我覺得這樣就不會受到對方追蹤。」

不限軍車，只要是公務車，都有安裝防竊的追蹤裝置。雖然也有方法可以騙過裝置，不過使用私人的車比較保險。

「感謝您無微不至的關心。」

周恭敬地低頭表達謝意。

◇　◇　◇

達也靠坐在跟文彌借的機車旁邊等待十五分鐘後，發現有一輛紅色機車接近。

（這傢伙真喜歡紅色。）

達也不禁在心中低語。第三高中的校色也是紅色系，或許是愛校心的呈現。應該不會是想符合自己的別名才這麼做吧。

「久等了。」

將輝下車脫下安全帽，向達也這麼說。

「不，距離指定時間還有十分鐘，完全來得及參加作戰。」

現在時刻是下午四點五十分。日落時間是五點十分，所以時間上還算寬裕。

「所以，計畫是怎麼安排的？」

至少來得及對將輝說明作戰細節。

「推測周公瑾躲在那裡。」

達也說著指向南方。

那裡是國防軍的基地。

將輝沒能立刻明白達也手勢的意思，但他經過數秒就想到「那裡」的意思，睜大雙眼。

「難道在國防軍的基地裡？」

「國防陸軍宇治第二補給基地。周公瑾很可能躲在那裡。」

「……確定嗎？」

「只是可能。我要入內確認。」

「進入基地？」

將輝表情寫著的不只是「這傢伙當真嗎」，而是「這傢伙不是瘋了吧」。

不過，無論是入侵國防軍的封鎖區域，或是和國防軍的兵力交戰，達也都早有經驗，沒理由事到如今才卻步。

「有某個魔法師集團祕密動員要逮捕周公瑾。」

「意思是和憲兵隊不同路？」

「沒錯，這個作戰並非正式作戰。」

換句話說就是非法作戰。將輝正確理解到達也的暗示。

「他們即將從各個闇門入侵基地。」

「從闇門？……原來如此，是系統外魔法的使用者對吧？」

達也點頭回應將輝的問題。

將輝因而猜出了「祕密動員的魔法師集團」的真實身分。

擅長系統外魔法，又足以對抗國防軍的魔法師集團。就將輝所知，符合這種條件的集團只有一個。

「司波，你……」

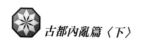

「我不是他們那邊的人。」

將輝的詢問還沒成形，達也就斷然否定。

「時間差不多了。我要跳過圍欄入侵基地。一条，你要怎麼做？」

將輝沒能立刻回答。潛入國防軍基地明顯是犯罪行為。達也可以依照自己的方便收起守法精神，但他還沒達到這個境界。

比起身為市民的道德心，應該優先盡到十師族的職責——將輝的父母應該會這樣說吧。尤其他父親要是看到將輝如此遲疑的樣子，豈止只是從背後推一把，或許還會朝他屁股踢一腳，要他快點行動。

問題在於身為第三高中學生這個立場。若在論文競賽將近的時候驚動警察，而且還不是只犯下輕微罪行，是重大案件，論文競賽恐怕得棄權。這肯定會對第三高中的學生們造成嚴重的打擊，不論是高年級、同年級或低年級。最重要的是，他不忍心害好友的努力白費。

（——不過，我是十師族的一分子。）

將輝遲疑的時間實際上只有短短數秒。

「……我也去。要是我去年沒被那個人欺騙，這件事早就解決了。我不能視而不見。」

達也朝著安裝在機車龍頭的情報終端裝置一瞥。

「作戰五分鐘後開始。一条，出發吧。」

「我知道了。」

兩人同時戴上安全帽，跨上機車，開始駛向目的地。

◇ ◇ ◇

著名的平等院以有著細膩華麗外表的鳳凰堂聞名。這個時候，有輛車停在平等院旁邊宇治橋的東側。

「謝謝。事情辦完就會叫你，可以隨便找個地方等我嗎？」

對司機說完這段話後下車的，是俊美到令人懷疑自己是否眼花的少年。剛好在這裡的行人出神地注視著他。再加上現在是即將日落的時段，使光宣洋溢著超脫俗世的幽玄之美。

一名壯年男性走到光宣身後。雖然不是特別高大，不過體格看起來經過千錘百鍊，不用特別說明，也能知道他是少年的護衛。

「光宣大人，要在這裡等嗎？」

「沒錯。」

語氣和之前對達也等人使用的明顯不同，是慣於指使他人的語氣。

「周公瑾要是成功突圍，肯定會逃到這裡。到時候必須由我來牽制他才行。」

「不過如果要渡過宇治川，大島那邊也有橋啊……」

隨扈以有些猶豫……應該說戰戰兢兢的態度質疑光宣的說法。他不是挑剔主人的意見，是擔心徒勞無功。如果周公瑾走別的路線逃亡，光宣鞭策剛康復的身體跑這一趟就是白費力氣。

「那邊是高架道路專用的吧？一旦上了高架道路，能逃的地方就有限。想發揮鬼門遁甲的真正價值，就必須能自由往各方向移動。所以周公瑾不會走高架道路。」

「可是，他也可能逃往東方……」

「東方是高峰山。從至今的逃亡路線來看，周公瑾喜歡市區更勝於山區。他的鬼門遁甲大概是適合在有人煙的地方使用的招式吧。」

「不過……」

「你很吵耶。」

隨扈想繼續說出自己的擔憂，光宣卻高壓地制止。

「你的意思是我的推理錯了嗎？」

隨扈沉默了。他不是顧慮到雇主的家人，而是光宣洋溢出的那股過於清冽的氣息，使得隨扈不禁緘口。

◇　◇　◇

「時間到了，作戰開始！」

「是，少主，遵命！」

明明已經天黑卻依然戴著墨鏡的男性如此回應之後，腦袋響起「啪」的輕快拍打聲。

「笨蛋，要叫『大小姐』啊！少主現在男扮女……」

「吵死了！」

扮裝成「闇」的文彌打斷墨鏡人他們的口角。

「現在是說廢話的時候嗎？作戰開始！」

「是！」

戴墨鏡的男性們一齊單腳跪地低頭之後，便如同海市蜃樓般溶入黃昏的空氣當中。

「真是的……那樣居然是黑羽首屈一指的幻術師……」

文彌按著太陽穴獨自嘆氣時，扮裝成「夜」的亞夜子從身後接近，出言安慰他。

「小闇，這部分只能看開一點使喚他們。畢竟能力的有無和性格的善惡是兩回事。比起善良又無能的部下，個性差卻能幹的部下還是比較好吧？」

「話是這麼說沒錯……」

「不提這個，小闇，開始了。」

基地裡響起嘹亮的警報聲。他的部下不可能犯下這種失誤。雖然個性大多有點問題，但連文彌也不得不認同他們的能力。

「會是達也哥哥嗎？」

「嗯，應該是幫忙成為誘餌吧。大概是想代為將獵物從北方趕到南方。」

「達也哥哥為什麼要做這種危險的事？」

「達也先生擁有無論面臨何種危機，自己都能夠突破的自信。所以他才會主動接下最危險的工作。」

「……說得也是。」

「我們要是枉費達也先生這份貼心，才真的對不起他。我們得確實追蹤周公瑾才行。」

「我知道。」

深藍色烤漆的小型座車在文彌身後待命。當然不可能是普通的車，是車體強度等同於戰車，搭載的引擎匹敵賽車的特製自動車。

◇　◇　◇

國防陸軍宇治第二補給基地內部響起警報聲。不只如此，還聽到不只一兩聲的槍砲聲。

「怎麼了！」

波多江上尉朝房外大喊。在外面待命的部下臉色大變地回答：

「基地有人入侵！歹徒共兩人！推測都是魔法師！」

「什麼！」

波多江的驚訝模樣絕非小題大作。魔法師即使只有一人，也是強大的戰力。每個魔法師的能力相差很大，所以不能一概而論，但是軍方旗下的戰鬥魔法師，據說平均每人都能匹敵普通步兵的一個中隊。實力強的魔法師一個人就是大隊規模的戰力。

這樣的魔法師有兩人入侵。不是悄悄潛入基地，而是大膽在內肆虐的魔法師，不可能低於平均水準。

「狀況如何？」

「歹徒一邊破壞補給物資一邊接近這裡，即使我們應戰也擋不住！」

聽到緊急警報依然頭也不抬地繼續打包行李的周公瑾，將包包「啪」的一聲關上之後，靜靜起身。

「這樣剛好。」

「啊？周先生，您說什麼……」

「剛好是一個好機會。請各位動用基地的所有戰力除掉入侵者。」

周一說完，波多江與他的部下就像是觸電般身體一顫。

這個異狀不只發生在這裡。波多江指揮的中隊所有人身上都發生了相同的事。

「上尉，我就恭敬不如從命地借車子一用了。鑰匙給我。」

波多江以僵硬的動作將鑰匙遞給周。

「好啦，還在做什麼？你們得除掉歹徒才行。入侵基地的非法分子，必須徹底消滅到連屍體的碎片都不留，否則無法維持軍方的威信喔。」

「沒錯。這是在挑戰國防軍的威信。不能被瞧不起，要徹底擊垮他們。」

「是！」

他們的語氣和話語內容不同，沒有熱度。

轉身離開房間的波多江與其部下，脖子上都有蜘蛛咬過的痕跡。

◇◇◇

入侵基地的兩人依然戴著騎車用的全罩式安全帽，但是為了以防萬一，達也還是找出監視器的位置，並且將其全數分解。

他分解的當然不只是難以發現的監視器。

「這是什麼魔法？」

「現在是講這種事的時候嗎？」

達也冷漠地拒絕回答將輝的問題。兩人因為要避免叫對方的名字，對話越來越冷淡。

「我沒聽過這種魔法啊！」

將輝會如此大喊，或許也是在所難免吧。他第一次看見達也的「分解」。

達也一以ＣＡＤ瞄準，武器與兵器就遭到分解，散落在地面。槍分解成各種元件；車輛先是車輪鬆脫，再來是車門鬆脫，最後內部的火星塞悉數脫落，連引擎都被分解成各個零件。

「不提這個，你處理燃料的速度慢了。」

「這很費工夫啊！」

將輝負責避免外漏的燃料著火。他將用為燃料的氫吸藏液氣化，以聚合魔法分離氫氣，再將氫氣塑型為氫氣球，釋放到沒有火源的上空。先不提魔法本身的難度，魔法工序上遠比達也進行的「分解」複雜得多。

「光是引爆沒有技巧可言吧？」

「我知道！」

將輝即使表示不平，依然遵從達也的指示。原因在於他判斷對於自己來說，這個技術不只是在這裡，在將來也派得上用場。利用魔法只讓燃料氣化，再以聚合魔法隔離火源，將燃料釋放到上空。這個方法可以在不造成無謂死傷的狀態下癱瘓機甲武器，肯定是比「爆裂」更好用的攻擊魔法。

兩人將看見的武器逐一破壞的時候，彈雨突然變得劇烈。子彈也從剝奪戰力用的橡膠彈改為實彈。

將輝連忙架設反物質護壁。沒能防禦到的部分，達也悄悄以領域設置型分解魔法處理掉。兩人各自衝到兩側的掩體後方。

「他們開槍了！」

「居然用實彈，看來他們也被操縱了。和那些古式魔法師一樣。」

將輝臉上出現恍然大悟的神色。

達也指的是上週日在嵐山襲擊他們，發動自爆……更正，發動自焚攻擊的瘋狂魔法師們。他們就是被躲在樹叢的大陸方術士操縱。

戰車隨著巨響從建築物後方出現。而且不只一輛，是以四輛組成戰列。

「喂，連戰車都出現了！」

「受不了。是想打內戰嗎？」

這是歸類為市區戰適用的小型車種，但以這種戰力應付徒步的兩人是殺雞焉用牛刀。不過如果換個想法，也可說這種戰力不足以應付兩個魔法師。

而現在這個狀況下，正確的是後者。

「一鼓作氣上了。你可別引爆啊。」

「不要強人……算了，交給我吧！」

將輝本來想說「不要強人所難」，但他似乎明白了在砲管瞄準過來的時候，還發這種牢騷根本不管用。

履帶與履帶裡的車輪同時鬆脫。砲管掉落，砲塔歪斜，裝甲板同時剝落。

這是四輛戰車同時發生的事。

引擎裡的燃料外漏。

燃料在著火之前就氣化升空，擴散在大氣之中。

「做得漂亮。」

「被你誇獎也沒什麼好高興的。」

將輝鬧彆扭的態度，使得達也露出壞心笑容。

「那我叫深雪誇獎你吧？」

「別……別說傻話！現在是說這種話的時候嗎！」

將輝慌亂到令人覺得有趣的程度。

「不提這個，走吧！別讓周公瑾逃走……就是那個傢伙！」

「什麼？」

達也以「眼睛」看向將輝注視的方向。

達也沒問他是否確定。

將輝曾經和周公瑾近距離見面。他是在那種既特殊又令人印象深刻的狀況下見到對方，不可能認錯人。

周公瑾駕駛砲銅色的房車前往南方閘門。將他趕出基地符合預定計畫，因為要避免基地內各處設置的監視器記錄到處決他的光景。

（……這是？）

達也偵測到周的情報體當中，摻有似曾相識的異物。那不是屬於周的東西，而是深深嵌入周體內的東西。

（致命的一針嗎……我不會讓您的死白費。）

達也對這位只見過一次，只算是外人的故人，立下這個方便行事的誓言。

◇◇◇

「周公瑾正朝這個南閘門接近中。」

「他察覺別的閘門都被我們家的人固守了嗎？不愧是曾經破解我們黑羽包圍網揚長而去的魔法師。」

文彌說完，亞夜子就以不曉得是感嘆還是挖苦的語氣回應。

「他沒這麼做就傷腦筋了。」

文彌坐進自動車的後座，亞夜子鑽到他身旁。

同時，載著周公瑾的砲銅色房車從南閘門衝了出來。

「追！」

「是，少主……更正，大小姐。」

「怎麼叫都好！快開車啊！」

雖然是自動車，不過在交通管制區域以外的地方，一定要有應急駕駛才會行駛。文彌對這個獲選為主駕駛的墨鏡隊長大喊，命他追趕周公瑾的車。

◇◇◇

（總有種討厭的感覺……）

開車往南的周公瑾覺得自己如同被緩緩勒緊。這是前所未有的感覺。

如果只看結果，今天也是在千鈞一髮之際逃離敵人的手掌心。黑羽——四葉的糾纏程度令他無言以對，不過即使有程度上的差異，他也已經習慣一直被追捕了。他這十年都在中華街過著安定的生活，但是之前的三十年，則是一直遭到追緝持續躲藏的日子。

（哎呀……「現在的我」才二十四歲。）

他的身分證是這麼標記的。自己買下中華街的店舖是四年前的事，記得當時繳交的文件也註明年齡是「二十歲」。

（不過年齡和姓名一樣，對我們來說只不過是標籤。）

大概是因為思考著這種事，周公瑾直到車子的防撞裝置啟動，才察覺有個人影站在馬路上阻擋車輛行駛。

周想按喇叭的時候臉色大變，一反平常冷靜的模樣。

因為他看見了這名少年的長相。

令人覺得不像是此世應有的白皙美貌。

周也自認眉清目秀，但是和這名少年差太多了。

不過，周並非沒看過這名俊美少年。

他對這名少年有印象。

「九島光宣！你為什麼在這裡？」

對方是周提醒自己必須提防的少數魔法師之一。

他在奈良派出棋子襲擊時，得知了光宣的實力。

周解除防撞裝置，試著強行開車。

光宣的右手伸向車。

引擎蓋底下迸出火花。

周在引擎即將爆炸時跳車。

周公瑾感覺背脊一陣惡寒。對付黑羽貢或是名倉三郎的時候，他都沒有這種感覺。

九島光宣炸掉車子的時候毫不猶豫。

這不只是想炸死他所致，即使會殃及路過的行人或對向車輛，他也不會猶豫。

不是因為沒有行人，也不是因為沒有車輛行經。這名少年，打從一開始就完全不把這種事放在眼裡——

這份無情搭配脫俗的美，使得光宣看起來彷彿非人之妖。

周從懷裡取出令牌朝向光宣。他不是召喚合成體，是從一開始就召喚幻獸。周直覺認為只能使用必殺攻擊對付這名少年。

黑色獨角獸從令牌竄出，以迅雷不及掩耳的速度衝向光宣。

那不是人類來得及反應的速度。

光宣沒能閃躲這一撞，黑色野獸的角貫穿光宣的身體——就這樣穿透過去。

「是『扮裝行列』嗎！」

周公瑾知道這個魔法。九島家的祕術「扮裝行列」。不只是身影、形體與位置，連獨立情報體的位置情報都能篡改的究極偽裝魔法。

周決定逃走。他無法破解「扮裝行列」。光是一回合的攻防，周就理解了這個事實。

光宣朝周伸出右手。

電光出現在周右方一公尺的路面，然後消失。

光宣微微歪過腦袋。這個動作沒有普通人的俗氣，就像是天使一樣。掛著笑容卻毫無慈悲的表情，也正是天使的表情。

電光在周公瑾的兩側迸發。

不是光宣沒瞄準好，是周利用鬼門遁甲使其失去準頭。

不過，感到戰慄的卻是周。他原本要讓光宣的方向感偏移九十度，實際上卻因為光宣持續以視線捕捉他，準心只偏移不到三十度。

他以令牌召喚手邊的所有影獸。

同時取出黑色手帕，在眼前大幅張開。

影獸悉數穿透光宣的身影。

黑色手帕落在路面。

光宣看向宇治川的下游，露出純真笑容。

他注視獨立情報體的雙眼，沒有追丟周逃離而去的陰——不是「影子」，是「陰」。

周公瑾以時速四十到五十公里的速度，沿著宇治川逃往下游。這是因《水滸傳》聞名的道術「神行法」。

雖然是回頭往基地前進，不過途中有高架道路的橋，他打算從橋的下方渡河到對岸。

不料，卻有一名少女突然現身擋住他的去路。不是從路邊竄出來，是驟然從空中出現。

「疑似瞬間移動？」

他昔日安排的寄生物之中，也有個體會使用相同的魔法。但是不會這麼神出鬼沒、毫無前兆地出現。

鮑伯頭少女任憑無袖連身裙的裙襬飄揚，揮出戴著拳套的拳頭。

那不是拳頭打得中的距離。

但是周卻感受到右腳傳來令他站不住的劇痛。

周連忙張開白色手帕。

手帕張開到足以擋住他全身。

周在手帕後方自己拿針插向阻斷右腳知覺的穴道。雖然依然感到劇痛，但他告訴自己這只是幻覺，將痛覺隔離在意識之外。

他從懷裡取出備用的最後一張令牌。

遮住視野的布落下時，鮑伯頭少女已不在前方。

取代少女站在那裡的，是架著紅色手槍造型ＣＡＤ，五官凜然的少年。

「一条將輝……！」

「好久不見啊，周公瑾。你當時真的是耍得我好慘。」

周試圖跳入宇治川。

不過河面卻產生爆炸，激起水花，制止他這麼做。

「當著一条家『爆裂』的面跳進水裡，等於是衝進堆積成山的炸彈。」

後方傳來的聲音使周公瑾轉身看去。

「司波達也……」

周全力施展鬼門遁甲，打算穿過達也身旁。

但達也的手刀進逼到他眼前。周公瑾知道這手刀鋒利得如同斷鋼妖刀，不得不以沒有知覺的腳向後跳。

周公瑾再度被達也與將輝包夾。

「為什麼我的遁甲術不管用？」

即使事到如今，周依然掛著笑容。

是老神在在？還是虛張聲勢？

將輝不知道他的真意。

達也不在乎他的真意。

「鬼門遁甲真是了不起。聽說在極近距離會失效……但你的術法確實在這種距離也管用。我不知道你想從我的身邊穿過。」

「……我無法理解。那麼，剛才的攻擊是歪打正著？」

達也揚起嘴角。

這張笑容沒有周那麼俊美，本質卻和周的笑容相同。

毫無蘊含任何情感的空洞笑容。

「我不知道你的位置。不過我知道你體內的名倉三郎之血的動向。」

周睜大雙眼。

將輝覺得這是第一次看見這個年齡不祥的道士展露真正的情感。

「名倉三郎的血……是那時候的……」

「他是否把血針打進了你的體內？已經過了兩週，進入體內的異物應該會消失才對。看來血針暗藏了非常強大的念。」

「『念』嗎？我一直以為這是現代魔法理論已經割捨的要素。」

「無論以何種道理解釋，存在的事物就是存在，不存在的事物就是不存在。」

「但也有某些事物即使存在卻不存在，即使不存在卻存在。」

達也以銀色ＣＡＤ瞄準周公瑾。

「要開課去牢裡開吧。不過可能不會給你太多時間。」

「無論如何都要取我性命是吧？」

「這不是由我決定的。」

「也就是說，向你求饒也沒有意義？」

達也沒有繼續回答。

「只要名倉三郎的血還在，你就逃不出我的手掌心。」

這是達也的最後通牒。

「到此為止了嗎……」

周公瑾嘆出長長的一口氣。

然後在下一瞬間朝將輝一躍。

神行法並不是利用腿部肌肉來奔跑的術法。所以，即使腿沒有知覺，只要有「腿」，術法就能發動。

將輝並不知道這一點。

但他採取了這個案例中最好的應對方式。說他運氣好，應該是不當的評價。

周公瑾跳躍的瞬間，將輝扣下了紅色ＣＡＤ的扳機。

幾乎零延遲發動的魔法——「爆裂」。

不是將全身血液氣化，而是將局部血液氣化的改良型。

周公瑾雙腿的小腿肚從內側炸開。

神行法被破解的周公瑾倒在路上。

「到此為止了。」

將輝架著ＣＡＤ要他投降。

周公瑾立刻起身。他的矜持不允許他就這樣難看地倒在地上。

「看來，確實是到此為止了。」

明明膝蓋以下已經報廢，周卻緩緩起身。

動作彷彿幽魂。

「不過，你們沒辦法抓到我。」

周咧嘴一笑。

如同面具的笑容。

「我不會毀滅。即使死亡，我依然會繼續存在！」

「一条，退後！」

達也在大喊的同時往後跳。

一条也同樣和周公瑾拉開距離。

下一瞬間，周全身噴血，紅色的血化為赤色的火焰。

「哈哈哈哈哈哈哈哈哈……」

他在熊熊燃燒的火焰中持續高聲大笑，直到火焰熄滅。
火焰熄滅之後，地上連一根骨頭都不剩。

「周公瑾真的死了嗎？」
黃昏已成夜晚，星光開始閃爍的時候，將輝輕聲這麼問。
「他並沒有逃走。周公瑾確實在那股火焰中燃燒殆盡了。」
達也沒看著將輝。他的「眼睛」看著宇治川的上游。
將輝也不經意地看向相同方向，說聲「這樣啊」回應達也。
將輝沒問達也是基於什麼根據知道周公瑾沒逃走。
「橫濱事變的善後工作到此算完全結束了嗎？」
「沒錯。」
「這樣啊……剛才只差一點呢。」
「什麼事只差一點？」
達也轉身看向將輝。
即使是達也，也聽不懂將輝毫無脈絡可循的這句話。
將輝也看向達也。

「沒想到國防軍會被操縱，甚至連戰車都開出來。差一點就變成內戰了。」
「在市區那麼高調地互相施展魔法，已經算是內亂狀態了。」
達也正經八百的回答令將輝笑了。
「那麼，我們及早解決事件，在內亂擴大之前成功鎮壓，算是『可喜可賀』是吧？」
「或許也可以這麼說吧。」
達也也笑出聲來。
兩人的笑聲溶入寂寥的秋風中，消失無蹤。

◇　◇　◇

「達也哥哥，辛苦了。」
達也回飯店歸還機車時，文彌與亞夜子已經先回來了。
「文彌與亞夜子才辛苦了。你們的默契還是一樣地完美。託你們的福，我們才得以擋下那個男人。」
達也出言誇獎，兩人隨即害羞地移開目光。
「話說回來，達也先生為什麼知道他在哪裡？明明我們用車子追蹤也追丟了……」

大概也是為了遮羞，亞夜子就這麼直接詢問，沒有看著達也的眼睛。

「一位魔法師的執著強烈到即使自身已死，仍然將那個男人逼上了絕境……大概算是這麼一回事吧。」

「？」

亞夜子露出不明就裡的表情，文彌也不再低頭，疑惑地歪過腦袋。

「現在還不知道是什麼原理，等我查明詳情再告訴你們。」

達也進入相連的隔壁房間。

來京都時穿的衣服就放在這個房間。

達也就這麼開著門換衣服，並且對文彌吩咐：

「文彌，可以幫忙向葉山先生回報任務完成嗎？我得去其他地方處理各方面的問題。」

「我知道了，這種小事請交給我吧。」

達也在換裝完畢之後走出來。

「拜託你了。」

達也以這句話代替問候，離開了這間飯店。

隔天，十月二十八日，星期日。

終於來到了二〇九六年論文競賽當天。

達也不是參加九校聯合警備隊，而是完全以第一高中後勤人員的身分參加，所以比較可以自由行動。

午休時間，他帶著暫時擺脫評審工作的深雪，和來到會場的真由美見面。

「這樣啊……殺害名倉先生的凶手自殺了是吧？」

「他的自戕是我們將他逼上絕境的結果，所以不知道是否稱得上是自殺。」

達也告知真由美，名倉的命案已經偵破。

「這樣比較好。畢竟達也學弟幫名倉先生報仇了。」

真由美朝達也投以放下心中大石的笑容。

「達也學弟，謝謝。『那天晚上的事』就這樣扯平吧。」

「學姊，那是……」

「我先走了，要做好警備工作喔。深雪學妹也是，評審工作加油。」

真由美不聽達也回應就離席，消失在大廳的人群中。

「哥哥……」

達也就這麼抱著真由美扔過來的炸彈，面對掛著假笑看向他的深雪。喫茶室裡只剩下他們兩個人。

「請問『那天晚上的事』是什麼事？」

「沒有啦，這是……」

「是怎麼回事？方便的話請告訴我詳情。還是說……」

深雪將手心按在達也的手上。

「有什麼不方便的地方嗎？」

深雪有點冰涼，觸感柔軟的手，將達也束縛在原位。

◇◇◇

「──就像這樣，發動刻印型魔法時，刻上『刻印』的感應型合金板並非必要條件。『刻印』始終是用來引導想子流，而且各位剛才也看到了，以『刻印』的模組投射想子也可以得到相同效果。因此我們可以得出一個結論，刻印型魔法的本質並未依賴實體刻印。」

由五十里帶領的第一高中報告結束之後，觀眾報以震耳欲聾的掌聲。

「這是至今最熱烈的掌聲呢。」

因為是第一高中報告而沒擔任評審的深雪，坐在達也身邊述說觀眾席的反應。

「內容也相當創新，不愧是五十里學長。」

達也同樣對報告內容掛保證。這時兩人都覺得勝券在握。

「那麼哥哥，我回評審席了。」

「再來是第二高中嗎……唔，那是？」

「哎呀？那不是光宣嗎？」

會場一陣譁然。應該大多人都是為上台準備的光宣的美貌感到驚訝吧。不過達也他們當然是在另一方面感到意外。

此時，主持人開始廣播。

『大會報告。第二高中更換主講人。預定的主講人臨時生病，因此變更主講人。』

「……深雪，妳得去評審席了。」

「說得也是。那麼哥哥，我先告辭了。」

換組報告的空檔會有一半以上的觀眾離席，助陣的觀眾群也會有變化。不過這段準備時間沒有任何觀眾離席。

第二高中在這種異樣的氣氛中開始報告。

『第二高中現在開始報告。我們的主題是「關於精神干涉系魔法原理及啟動式應記述事項的假說」。』

會場的喧囂聲因此變大。精神干涉系魔法的原理，現下幾乎沒有明確的解釋。研究這個領域的論文在魔法學上肯定充滿野心又革新。

「——從這個觀測結果就知道，人類認知事物的同時，會形成新的想子情報體。而且這個情報體會在不再認知對象的同時潰散。必須注意的是，經由認知形成的想子情報體，在認知者主動消除認知對象，比方說瞬間燒燬認知對象時，想子情報體會比實際的消除更早開始潰散。」

「——各位看到的這麼多觀測結果，皆符合『想子是意念或想法形成的粒子』這個假說。這也顯示想子情報體並非來自人類的被動認知，而是主動的精神作用。」

「——人類的意念……換個方式來說就是精神。推測人類想以精神對這個物理次元造成某種效果時，就必須將意念轉換為想子情報體。如果採用這個假說的話，那麼以心電感應為首的知覺系『超能力』，也可以解釋為是利用想子情報體的魔法。」

「——推測以意念，也就是以精神活動形成的想子情報體，具備著各位剛才所看見的這些特徵。當然，並不是這樣就已經解析所有特性，不過若能將這裡呈現的要素記述為啟動式，精神干涉系魔法的公式化速度肯定會大幅提升吧。同時也能促進開發各種讓精神干涉系魔法無效的對抗魔法。這將成為一個使世人不再以迷信心態畏懼精神干涉系魔法的契機。」

「——就像這樣，精神干涉系魔法本質上也和四大系統八大種類的魔法沒有差別。只要『精神』和物質世界有著關連性，就會形成想子情報體。那便是顯示意念形態的想子情報體。所以，要是構築出改寫這種想子情報體的魔法式，就至少能改變對於這個世界的具體意念與顯在意識。這種魔法會改變人類認知，改變人類的主動意志。」

「——假設人類精神不是分成顯在意識與潛在意識，而是在單一意識之中分成顯在部分與潛在部分，那麼只要對意念形成的想子情報體進行觀測與分析，就可以使所有的精神干涉系魔法真正技術化，發展為正式的魔法體系。」

光宣以此作為報告總結。

現場出現瞬間的寂靜。

接著，如雷的掌聲籠罩會場。

二〇九六年度全國高中生魔法學論文競賽優勝的榮冠，在採用一年級學生九島光宣擔任主講人的第二高中頭上閃耀。

這是第一到第九國立魔法大學附設高中裡誕生了一顆新星的瞬間。

◇◇◇

同時，四葉本家的宅邸裡也在進行一場規模雖小，認真程度卻超越論文競賽的報告。

「如同各位剛才聽到的，在本次事件中，司波達也即使沒被強迫，依然忠實完成任務，並做出了客戶要求的成果。屬下認為他對四葉來說是有用的人材，對於『工作』的忠誠心也沒有任何問題。」

列席眾人一臉有苦難言的表情，此時真夜緩緩開口。

「這次的任務是對達也的測驗。結果正如葉山先生的報告。各位不這麼認為嗎？」

「這不得不認同吧。」

椎葉家當家張開原本緊閉的雙唇回應。

「放掉這份能力確實很可惜。」

真柴家當家出聲認同。

「這次合格了。只限這次。」

新發田家當家並未隱藏不悅的情緒，毫不客氣地說道。

「我們應該捨棄奇怪的先入為主想法。」

武倉家當家如此提議。

「我贊成。現在回想起來，我們一開始是否期待過度了？差不多需要客觀以對了。」

津久葉家當家附議。

「我覺得要進行最終判斷還太早。若要說客觀評論，司波達也只具備偏頗的才能，也是客觀的事實。」

靜家當家表示應該慎重以對。

眾人的目光集中在沉默的黑羽家當家——黑羽貢身上。

「黑羽閣下認為呢？」

新發田家當家催促他發言。

「我在本次的任務中失敗了。因此，我認為我沒資格對這件事表達意見。」

室內洋溢沉重的沉默。

一個文雅的聲音無視於這股氣氛，為這場議論劃下休止符。

「既然這樣，就保留到新年的慶春會再做結論吧。」

這是「明年正月要做出最終結論」的宣言。

聚集在這裡的分家當家們，沒能對四葉家當家的這番話提出異議。

（〈四葉繼承篇〉待續）

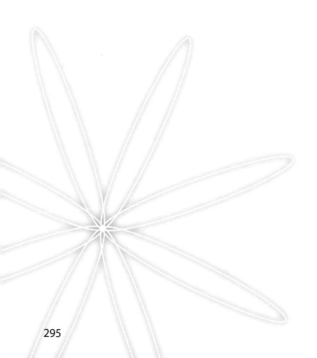

後記

這次《魔法科高中的劣等生》第十五集〈古都內亂篇〉下集，不知道各位的感想如何呢？這次的副標題寫成〈古都內亂未遂篇〉或許比較正確，但在副標題洩漏劇情也很掃興，最重要的是寫成〈未遂篇〉會沒有緊張感，所以懇請各位諒解。

話說，四葉的分家終於登場了。雖然在這次的篇章中只是配角，但對我來說卻是感觸良多，有種「這些傢伙終於登場了啊……」的感覺。不，真要說的話，他們今後也還是配角，但他們是會讓《魔法科高中的劣等生》的劇情進入重要關頭的要角，所以才遲遲未讓他們上場。他們正式登場的篇章將是本作品的一大高潮。

如前面所述，各分家從一開始就確定會登場，但其實我最近才決定他們的姓氏。構思他們的姓氏時，我傷透了腦筋，老想不出最適合的。椎葉、真柴、新發田、黑羽、武倉、津久葉、靜。在這幾個姓氏之中，椎葉(Shiiba)、真柴(Mashiba)、新發田(Shibata)應該比較好懂，都是從「四葉」的音讀「Shiba」變化而成。

黑羽(Kuroba)應該已經有人察覺了，是來自「四葉幸運草(Clover)」。

武倉(Mugura)的由來是「四葉葎(Yotsubamugura)」這種植物。

津久葉(Tsukuba)源自「衝羽根草(Tsukubanesou)」，這是有四片葉子的百合科多年生植物。

而靜(Shizuka)是從「銀線草(Hitorishizuka)」取名的。這也是四片葉子的多年生植物。

我為了挑選他們的姓氏調查各種資料才知道，要讓名字擁有法則是很辛苦的一件事。

最後再聊一個關於創作的祕辛。本書有出現「諸葛孔明習得鬼門遁甲」的設定（始終只是本作品的設定），不過在〈橫濱騷亂篇〉與本次〈古都內亂篇〉使用的鬼門遁甲性質，是我參考《三國演義》（正確來說是吉川英治老師的《三國志》）記載的孔明事蹟，以我自己的觀點解釋而成。換句話說，與其說是孔明習得鬼門遁甲，應該說我把孔明使用的術法設定成鬼門遁甲，這樣的說法才是正確的順序。關於諸葛孔明，《三國志》並非沒有類似的描寫，不過鬼門遁甲的性質說到底都是我個人的創作。

本次也由衷感謝各位陪同至此。可以的話，下集第十六集〈四葉繼承篇〉也請多指教。

（佐島 勤）

Kadokawa Light Novels

新約 魔法禁書目錄 1~9 待續

Kadokawa Fantastic Novels

作者：鎌池和馬　插畫：はいむらきよたか

集結各方勢力依舊戰敗後的世界，
上条當麻即將面對的是無止盡的絕望……

各方勢力齊心對抗「搗蛋鬼」，然而所有努力卻在「搗蛋鬼」算計下化為烏有……世界終究迎向毀滅。

在永無止盡的絕望中，上条當麻唯一能依靠的，就只有寄宿在右手的幻想殺手，以及對容身之處的眷戀——

各 **NT$180~280/HK$50~85**

台灣角川

魔劍的愛莉絲貝兒 1~4 待續

Kadokawa Fantastic Novels

作者：赤松中學　插畫：閏月戈

將國家捲入的戰鬥，
美麗劍士「白妖刕」現身！

為了回到未來，靜刃與愛莉絲貝兒邁向全新挑戰。另一方面，為了將靜刃等人召回現代，美美等人也計劃舉辦偶像演唱會，籌備吸收魔力的黑彌撒。在靜刃為了與愛莉絲貝兒之間的關係而傷透腦筋時，一名與他具有相同能力的美麗劍士「白妖刕」現身——

台灣角川

各 **NT$180~240/HK$55~75**

國家圖書館出版品預行編目(CIP)資料

魔法科高中的劣等生. 14-15, 古都內亂篇 / 佐島勤作 ; 哈泥蛙譯. -- 初版. -- 臺北市 : 臺灣角川, 2015.01-2015.07

冊 ; 公分

譯自 : 魔法科高校の劣等生. 14-15, 古都内乱編

ISBN 978-986-366-306-5(上冊 : 平裝). --
ISBN 978-986-366-606-6(下冊 : 平裝)

861.57 103024712

Kadokawa Fantastic Novels

魔法科高中的劣等生 15

古都內亂篇〈下〉

(原著名：魔法科高校の劣等生15 古都内乱編〈下〉)

2015年8月6日　初版第1刷發行
2022年3月15日　初版第4刷發行

作　者：佐島　勤
插　畫：石田可奈
日版設計：BEE-PEE
譯　者：哈泥蛙

發行人：岩崎剛人
總編輯：蔡佩芬
編　輯：黎夢萍
美術設計：黃永漢
印　務：李明修（主任）、張加恩（主任）、張凱棋

發行所：台灣角川股份有限公司
地　址：104台北市中山區松江路223號3樓
電　話：(02)2515-3000
傳　真：(02)2515-0033
網　址：www.kadokawa.com.tw
劃撥帳戶：台灣角川股份有限公司
劃撥帳號：19487412
法律顧問：有澤法律事務所
製　版：巨茂科技印刷有限公司
ISBN：978-986-366-606-6